ShutLine

KYOU

2

ShutLine

Tapp
Hä hä
Tapp
Was wollt ihr?
Unsere Organisation hat wegen diesem Mist-kerl Jay ziemliche Probleme.
Daher dachten wir, wir kommen mal zu dir.
Was wollt ihr von mir? Ich hab damit nichts zu tun.
Bist du nicht sein spezieller Schützling?
Zuck
Der Arsch hat einige unserer hohen Tiere auf dem Gewissen.
Zamm

Er hat es als Unfall verschleiert, einfach widerlich.
Gnn
Ist das nicht auch für eure Bande von Vorteil?
Hä?
Ein ganz schöner Klugscheißer, oder?
Hä hä hä
Pfft
Ja, stimmt. So müssen wir den Bullen keine Anhaltspunkte liefern.
Ha ha
Aber das heißt nicht, dass wir das einfach hin-nehmen.

Tapp
Fwack
...?!
Bamm

Womm
Aah!
Wichser!
Gnnng
Ugh!
Fwock
Urgh!!

Knack
Aaah!!
Hä? Scheiße! Was soll das?!
Tipp
Raschel
Hat dieser Drecksmechaniker etwa auf der Straße gekämpft, anstatt Autos zu reparieren?!
Hah
Klank
Klick
Keine Bewegung!

Ha ha
Weißt du überhaupt, wie man die be-nutzt?!
Eine Pistole und ein Bohrer sind recht ähnlich.
Klick
Man muss nur den Abzug drücken, oder?
Murmel
Ich hätte deine Finger zerquetschen sollen.
Aber vielleicht sollten wir erst einmal austesten, wie toll dieses Loch ist, das Jay so ver-rückt macht?
Murmel

Wack
Nice Shot!

Woah!
Gruselig! Der ist ein richtiger Psycho!
Ugh ... Meine Eier ...!
Kick
Der passt zu Jay wie Arsch auf Eimer, oder?
Krrk
Ich hab die Schnauze voll von euch ...
Verfluchte Scheiße!
Der Mistkerl ist schwerer, als er aus-sieht.
Der kre-piert hier doch nicht, oder?
Puh

Jay killt uns, wenn heraus-kommt, was wir getan haben.
Zuck
Jagen wir ihm einfach einen Schrecken ein und lassen ihn zu unse-ren Füßen kriechen, ja?! Los, weckt ihn auf!
Platsch
Yo! Bist du wieder wach?
Öchö
Öchö
Wupp
Was habt ihr vor?
He he
Immer noch so frech? Gut!

Ich will nur mal selbst ausprobieren, warum Jay ...
Zupp
... so sehr an dir hängt, dass er uns töten würde.
Fwump
Bist du so scharf auf meinen Arsch?

Nur zu! Ich erklär dir dann ganz genau, wie es war.
Hä
hä
Wopp
Gefesselt macht es keinen Sinn, mich gegen diese Kerle zu wehren.
!
Zuck
Fwack
Wichser! Du bist doch nicht normal?!

Groooh
Wenn ich mein Maul aufreiße und sie provoziere, bekomme ich vielleicht eine Chance zur Flucht.
Srrt
Die Mercifuls sind dafür bekannt, dass sie Verräter knallhart bestrafen.
Also werden wir dich anschwärzen, dass du ihre Drogen klaust.
Zappel
Mist, das sind Kabelbinder.

Was wird dieser Arsch wohl anstellen, wenn er erfährt, dass sein Schoßhund ihn betrogen hat?
Hihi
Na? Das ist doch ein guter Plan, oder?
Das interessiert mich brennend!
Zu dumm nur ...
... dass Jay mich gar nicht als Drogenkurier einsetzt.
W...
W... Was soll der Scheiß?! Was bist du dann?!
Fwuit
Wupp
Eure Spitzel sind nicht zuverlässig genug ...
Meinst du, du wirst das hier überleben?
Weiß ich auch nicht so genau.
Aber Jay hat eindeutig Gefallen an mir gefunden.
Krrk
Zuck
Ihr hättet mich besser freundlich gefragt.
Schluck

Jetzt solltet ihr besser eine Ausrede für Jay später haben.
Rrrt
Wenn wir schon mal dabei sind ...
... könnte mich wenigstens einer von euch besteigen.
Ha ha ha! Was für eine verfickte Ausrede?!
Pack
Ungh

Du durchge-knallter Mist-kerl! Stillhal-ten! Klappe!
Fwock
Wamm
Für was hältst du dich?! Denkst du etwa ...?
Hah
Sag bloß, du vertraust Jay?
Kicher
Grooooh
Diesem hohen Tier bei den Mercifuls, das nieman-dem glaubt und den Leu-ten den Kopf abknallt, ganz egal ob sie Ver-bündete sind?
Nein, ich bin nicht so naiv, dass ich ihm vertraue.
»... benutz mich ruhig so wie jetzt!«
Um zu über-leben, darf ich nur mir selbst vertrauen.

Soll ich dir verraten, was ich in unserem Business gelernt habe?
Zerr
Egal ob es ein guter oder ein verstörend schlechter Anblick ist ...
He he
... wenn man etwas einmal mit eigenen Augen gesehen hat, vergisst man es nicht mehr so leicht.
Es taucht selbst im Schlaf auf! Man kann nicht zu seiner Unschuld zurückkehren.
Daher habe ich vor nichts mehr Angst.
Schwupp
Wart nur ab und sieh zu ...
... was wir mit dir anstellen!
Ooh!
Ach ja! Wir haben dir ein bisschen was verabreicht.
Sobald der Effekt einsetzt, wirst du dich verdammt gut fühlen.

Aaah!!!
Hilfe!
Huh! W... Was ist los?!
Ich bin zwar auch ein ziemlicher Arsch mit meinen Betrügereien ...
Ratsch
... aber es gibt leider immer noch schlimmere Kerle als mich.
Fuck! Wie konnte er sich befreien?! Hast du ihm nichts gegeben?!
Wack
Doch, direkt in den Rachen!
Hey! Schnappt ihn euch!
Ich ... bring euch um.
Ratter
Wenn man die loswerden möchte, muss man sich ihrer Mittel bedienen.
Stapf

Ich sagte doch, du sollst keine Waffe auf ihn richten.
Du nimmst also stattdessen deinen Schwanz?

Stapf
Stapf
Warum will in diesem Scheißunter-nehmen ...

... einfach jeder seinen Schwanz in den Arsch anderer Leute stecken?
Stapf
J... Jay ...
Schauder

Pamm
Slotsch
!!!

Pamm
Argh!!
Pamm
Grapp
M...
Mein Bein!
Hiiirgh!!
Wamm
Jay!! B...
Bitte ver-
schone
mich!!!
Leute, die nicht
wissen, wann es
genug ist, bekom-
men das, was sie
verdienen.
Shin-Geon.
Willst du
ihn ficken?
Badumm

Er weiß genau, wie er den Typen am meisten quä-len kann.
Schon gut.
Hör jetzt auf!
Badumm
Das möchte ich jedoch nicht mit ansehen müssen.

Okay.
Dann mache ich es.

Argh! Das tut weh!!
Fwotsch
Wir wollten ihn nicht umbringen! Wir wollten nur etwas Spaß haben!!
Und warum vergreift ihr euch dafür am Besitz anderer?
Fump
Fump
Aaah!
Du warst es doch, der überall herumerzählt hat, dass er zu mir gehört.

Schauder
Das lief zwar anders, als ich es geplant hatte, aber das Ergebnis war super. Dank dir konnte ich deine Organisation auseinandernehmen.
Hiiek
Was ... W... Wie meinst du das ...?
Wumm
Sst
Nachdem ich euch eine Schwachstelle gezeigt habe ...
... konnte ich von unten aus bei euch eindringen und alles zerschlagen.
Wumm

In einer Welt, in der Geld und Macht einen stark machen, ist das am effektivsten.
Hiiiek!
Schau nur! Du hast dir dein eigenes Grab geschaufelt, weil du zu neugierig warst.
Wumm
Trotzdem …
Zitter
Nicht …!
Ich habe dir eindeutig gesagt, dass du ihn nicht anrühren sollst.
Pamm

Er ist wirklich ge-fährlich.
Womm
Klonk
Du ... bist total durch-geknallt ...
Badumm
Badumm
Ich dreh noch durch.
Zitter
Badumm
Hff
Badumm
Ich glaube, ich muss gleich loslachen.

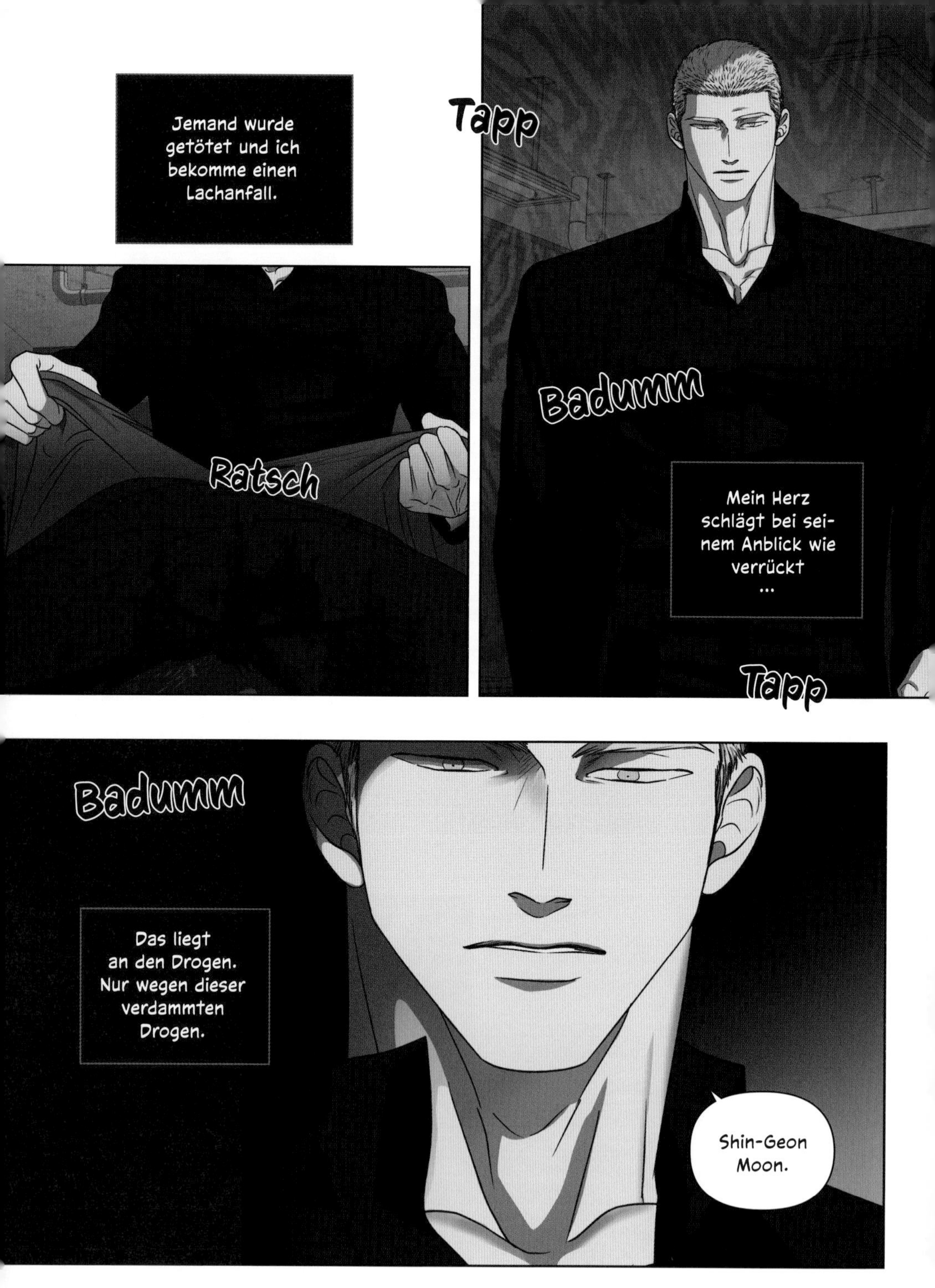
Jemand wurde getötet und ich bekomme einen Lachanfall.
Tapp
Ratsch
Badumm
Mein Herz schlägt bei sei-nem Anblick wie verrückt ...
Tapp
Badumm
Das liegt an den Drogen. Nur wegen dieser verdammten Drogen.
Shin-Geon Moon.

Verdammt, was zum Teufel haben die mir verabreicht?
Ich kann nicht mehr klar denken.
Hab ich hier etwa gestört?
Dachte nicht, dass dich das heißmachen würde.
Hau ab!
Swt
Von wegen heißmachen! Du hast jemanden umgebracht! Wenn dich die Polizei erwischt …
Sst
Was hast du geschluckt?

Quetsch
Sie haben mir Drogen verabreicht, während ich bewusstlos war. Fuck ...
Was mach ich jetzt bloß?! Kümmer du dich um die Polizei, falls die herkommt!
Grapp
Fwump
Deine Pupillen sind geweitet.
Spinnst du? Was hast du vor?

Das war vermutlich ein Aufputschmittel ohne Gegen-mittel.
Hah
Lass mich in Ruhe! Mit mir stimmt was nicht.
Und mit dir auch nicht.
Slp
Du wirst bald ganz empfindlich sein. Ich werde dir helfen.
Was, wenn uns jemand er-wischt?
Swt
Hah
Niemand wird hierher kommen.
Wir sind ganz allein. Nur du und ich.
Sst
Sieh nur mich an!

Fapp
Uuh ...
Tschick
Fapp
Bis vor Kurzem hatte er noch eine Waffe in der Hand und nun berührt er mich.
Groooh
Ah!
Sst
Auch wenn es verrückt ist ...
Hah

Fapp
... reagiert mein Körper wegen der Drogen wie von selbst.
uuh
Fapp
Mein Schwanz wird bei der Berührung seiner rauen Hand immer steifer.
Dieser aufregende Kick lässt meine Vernunft in Flammen aufgehen.
Küss
Schlp

Auf einmal ...
Wumm
... nehme ich seinen Geruch wahr.
Der blutdurchtränkte Gestank dieses verfluchten Ortes verschwindet vollkommen ...
... und der leichte Geruch nach Schießpulver, vermischt mit seinem Aftershave ...
Fwwt

...
durchdringt all
meine Sinne.
Fwapp

Schlp
Fwock
Polter
Klank
Hah ...
Smtz
Sst

Schlp
Smtz
Slp
Zuck
Zuck
Uuhm ...
Quiee
Zuck
Tschick
Tschick
Hah ...
Du magst es also hart?
Sslp
Ob ich das mag?

Schlp
Du hast mich zuerst benutzt.
Dass mich seine Berührungen so heiß-machen, macht mich noch irre.
Pfft
Hah …
Also werde ich dich auch einmal be-nutzen.
Das macht dir doch nichts aus, oder?
Küss
Gnng
Ja. Ich kann dich leicht kommen lassen.
Grapp
Fapp
Hah
Tschick

Smtz
Hah!
Schlp
Ich muss nur ein bisschen wild schütteln.
Fapp
Aah!
Fapp
Klank
Tschick

Hah
Schlp
Hah
Smtz

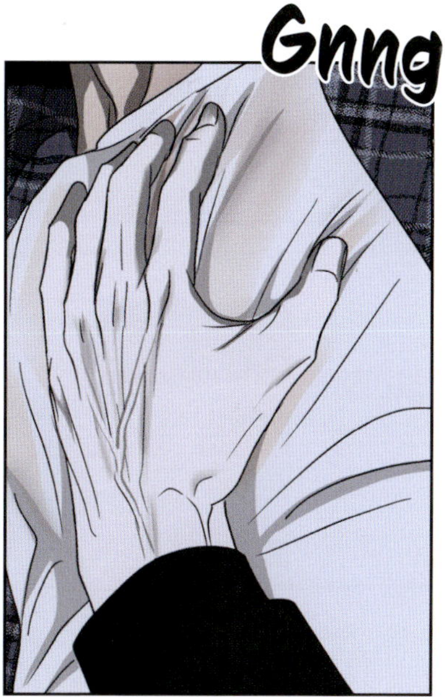
Gnng

Tschick
Tschick
Zitter
Splisch
Uungh!
Grp
Ich komme ...
Uhm ...
Hah
Hah
Und? Bist du nun zufrieden?
Ssslp

Hah
Mein Kopf ist durchgebrannt und wie leer gefegt ...
Gnn
Tock
Nein, bin ich nicht.
Du doch auch nicht, oder?
... aber mein Körper brennt endlos weiter.

Quiee
Wumm
Hah!
Mhm!
Schlp
Ich habe Durst.

Argh, ist das eng!
Hah
Schieb den Sitz etwas nach hinten!
Wieso nicht?
Grapp
Warte. Wir sind gleich zu Hause!
Wir werden es auf deinem Bett tun.
Verdammt, mein ganzer Mund brennt.

Schlp
Smtz
Schluck
Hah
Du bist wieder rich-tig geil.
Grapp
Zuck
Ich bin so frustrierend durstig.
Ssslp
Ssslp
Wusch
Hah, ich halte es nicht aus.

Gatack
Dripp
Dripp
Schluck
Diese Droge dehydriert dich.
Lins
Trink ordentlich weiter!
Klonk
Er ist total relaxt.

Schluck
Das Wasser hat aber nicht geholfen.
Du wusstest ja ganz genau, wo ich wohne.
Dabei habe ich das nie erzählt.
Jepp.
Spinner! Da bist du auch noch stolz drauf.
Du scheinst nur das Nötigste zum Leben zu haben ...
Klapper
Als wäre das hier nicht dein fester Wohnsitz.
Du findest also, ich lebe wie in einem Hotel?
Hah
Nun, das passt zu jemandem, der Nachforschungen über andere einholt und sie beschatten lässt.
Klack
Tapp
Tapp
Ich sagte es bereits, oder? Egal, ob du mich verfolgen lässt oder nicht ...

Nick
... ich habe nicht vor, dich bei der Polizei zu melden.
Und ich sagte auch schon ...
... dass ich dich nun mal auf meine Weise kennenlernen werde.
Ich will auf jede mögliche Bedrohung vorbereitet sein.
Starr
Was soll das wieder für ein Unsinn sein?!

Tapp
Tapp
Glaubst du, dass ich dich töten werde?
Tapp
Tapp
Hast du Angst vor mir?

Schreck
Ja, vielleicht ist es Angst, die mich bei seinem Anblick erzittern lässt.
Tapp
Schließlich ist er gefährlich.
Schluck
Doch jetzt gerade ...

Tapp
Hah
Vergiss nicht, dass wir einen Deal haben!
... sind nur meine durch die Drogen verwirrten Instinkte übrig, die mir die Kehle zuschnüren.
Ich sollte zumindest eine Sache genau wissen, damit ich dich richtig verfluchen kann.
Deinen Namen. Sag ihn mir!
Bomm
Damit auch ich ...

Jake.
Jake Gillan.
...
dir ganz genau auf den Grund gehen kann.
Jake Gillan.
Mein Bett ist sauber.
Na los!
Zeig mir den Service, den ich bei einem besonderen Unterstützer wie dir erhalte!
Fwwt

Tapp
Fwump
Schlp
Zieh mich aus!
Ich warne dich schon mal vor, ich habe keine Hemden, wie du sie trägst.
Smtz
Ratsch
Schlp
Sslp
Fwisch
Mhm

Swp
Hah
Slipp

Fwwt
Ich dachte, dass sein Körper voller Tattoos sein würde ...
... aber er hat kein einziges Tattoo.
Sst
Seine makellos weiße Haut wirkt unmenschlich ...
Gnn
... und sein Anblick ist überwältigend.

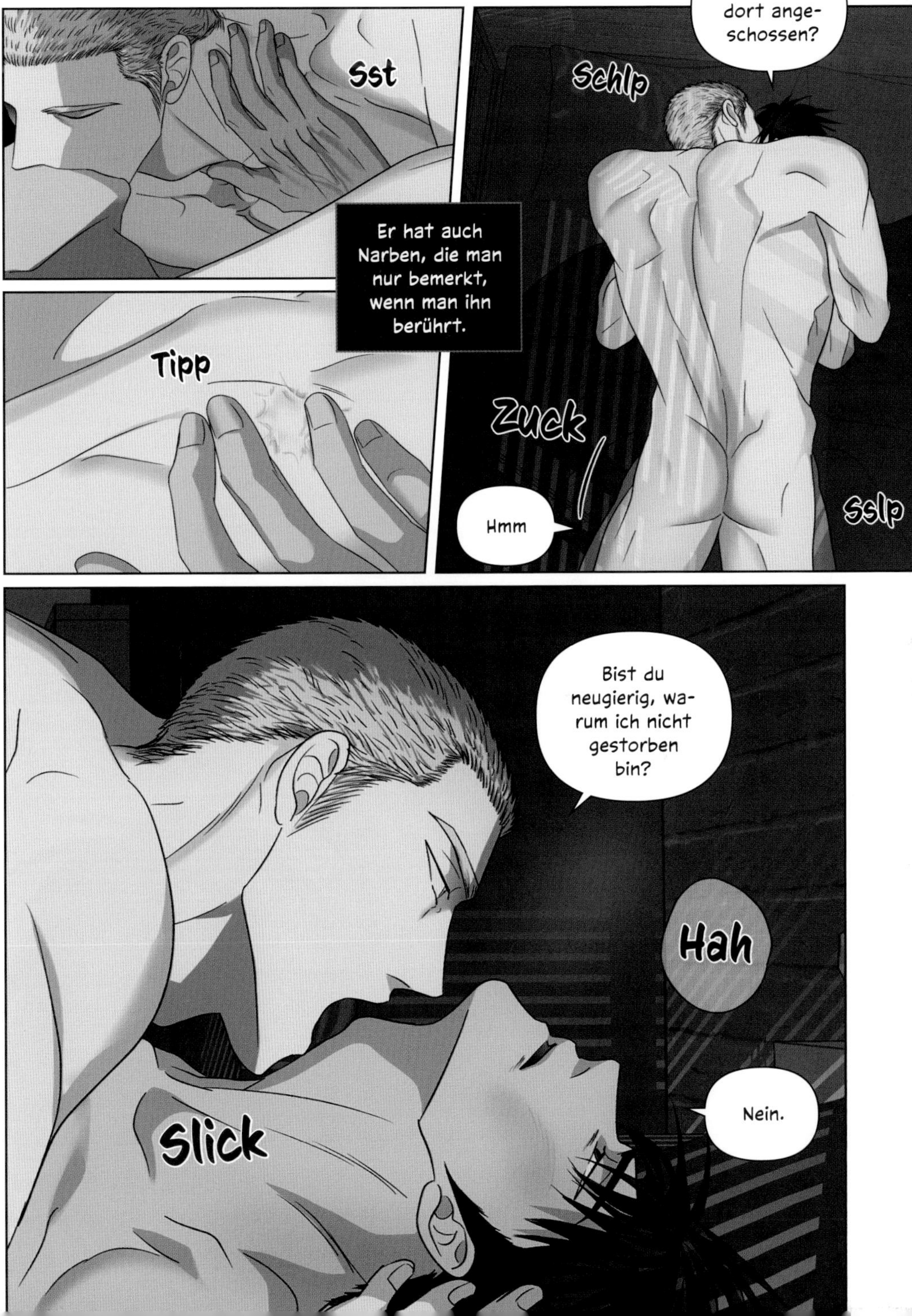
Sst
Wurdest du dort ange-schossen?
Schlp
Er hat auch Narben, die man nur bemerkt, wenn man ihn berührt.
Tipp
Zuck
Hmm
Sslp
Bist du neugierig, wa-rum ich nicht gestorben bin?
Hah
Slick
Nein.

Fwt
Aah
Wenn man dich so ansieht, wirkst du wirklich unmenschlich.

Ha ha
Wenn wir Sex haben, wirst du schon spüren, dass ich ein Mensch bin.

Zipp

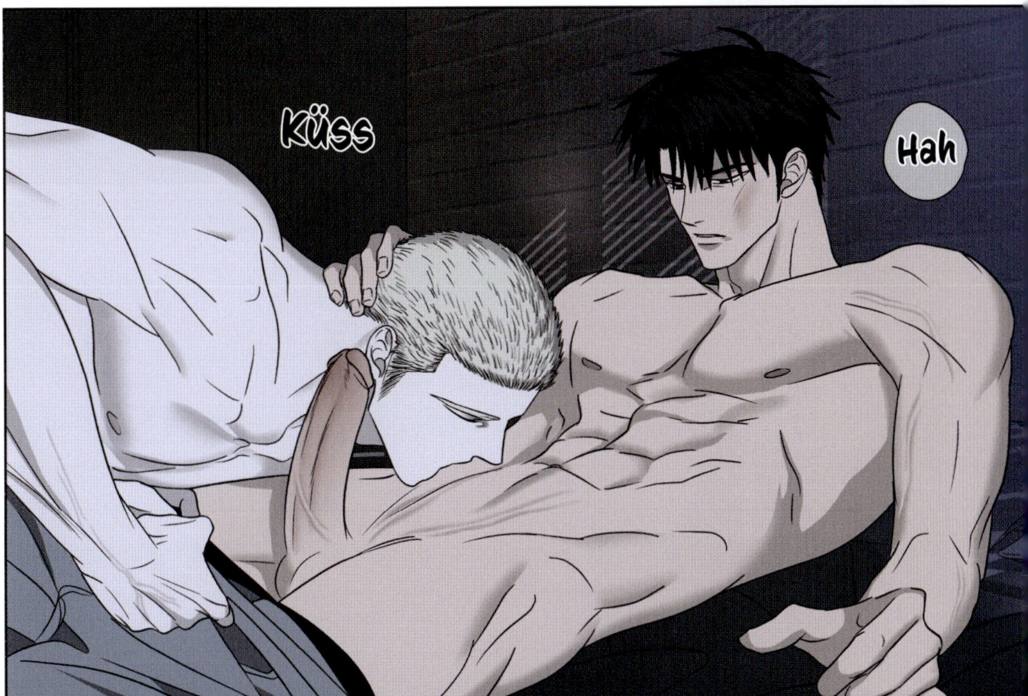
Küss
Hah

Küss
Schlp
Können wir das Vorgeplänkel lassen?
Fwusch

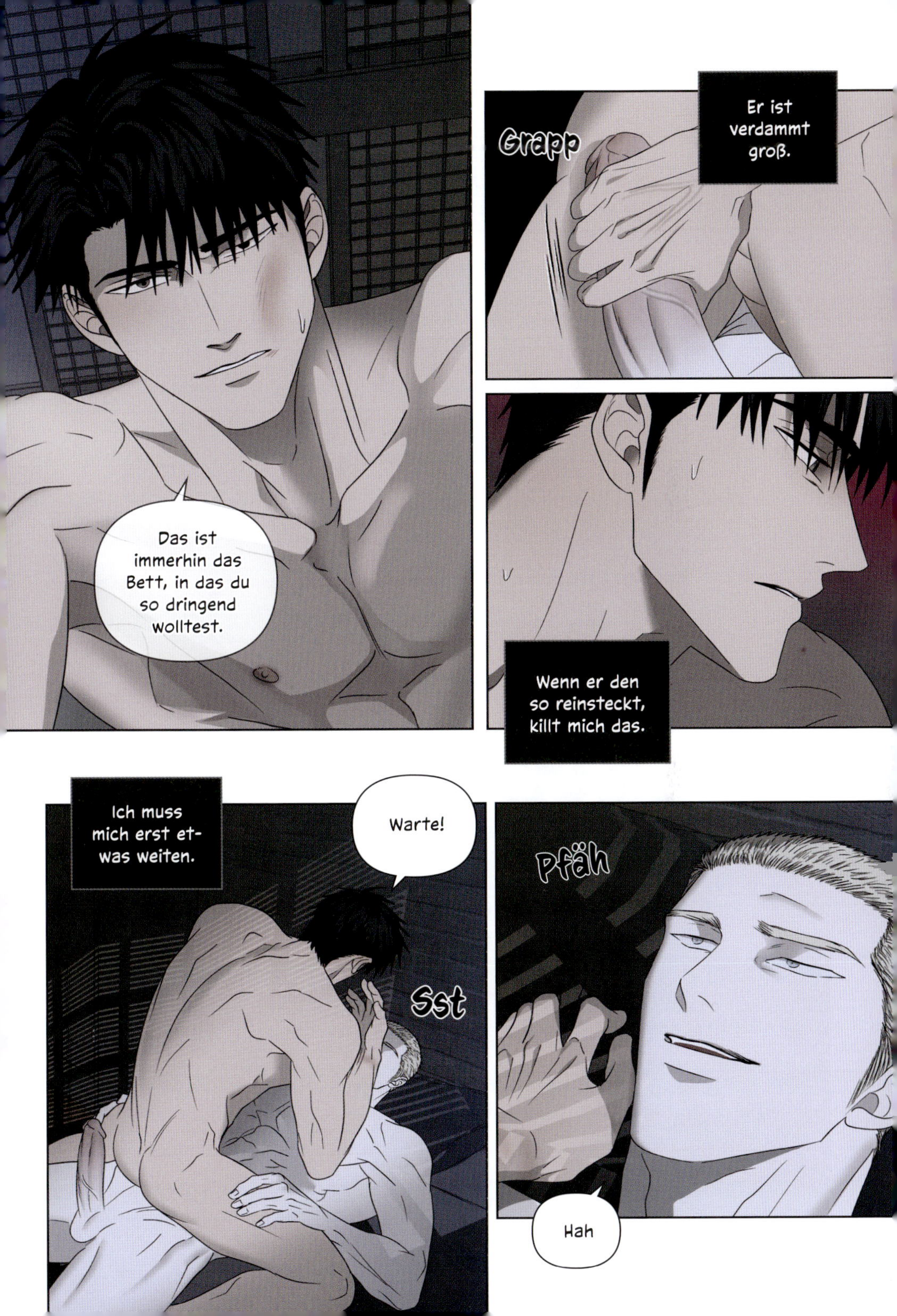
Das ist immerhin das Bett, in das du so dringend wolltest.
Grapp
Er ist verdammt groß.
Wenn er den so reinsteckt, killt mich das.
Ich muss mich erst etwas weiten.
Warte!
Sst
Pfäh
Hah

Gnng
Das sind zu wenig Finger.
Dripp
Hah ...
Groooh
Fwwt
Aah!

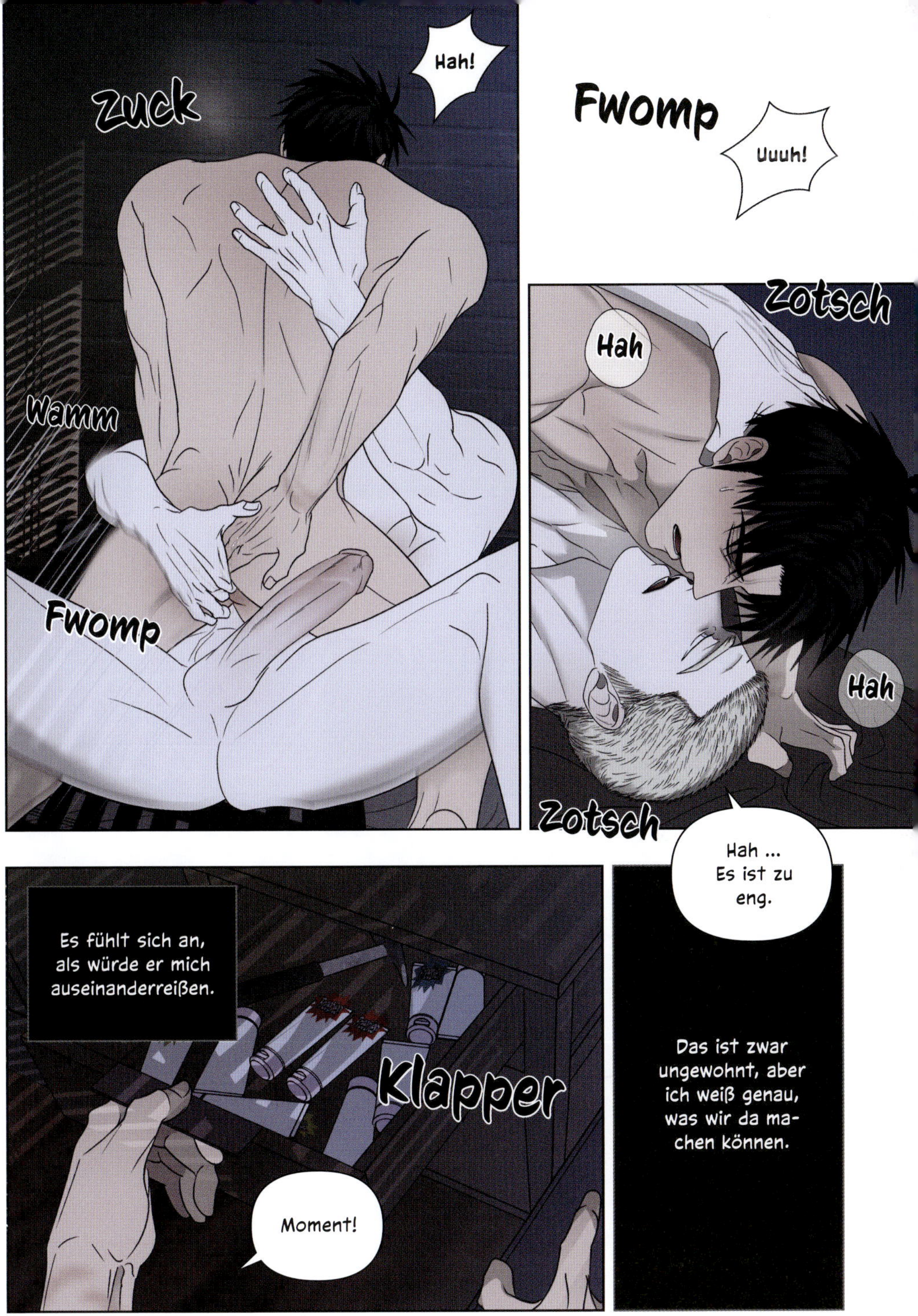

Hah!
Zuck
Wamm
Fwomp
Fwomp
Uuuh!
Zotsch
Hah
Hah
Zotsch
Hah ... Es ist zu eng.
Es fühlt sich an, als würde er mich auseinanderreißen.
Klapper
Moment!
Das ist zwar ungewohnt, aber ich weiß genau, was wir da ma-chen können.

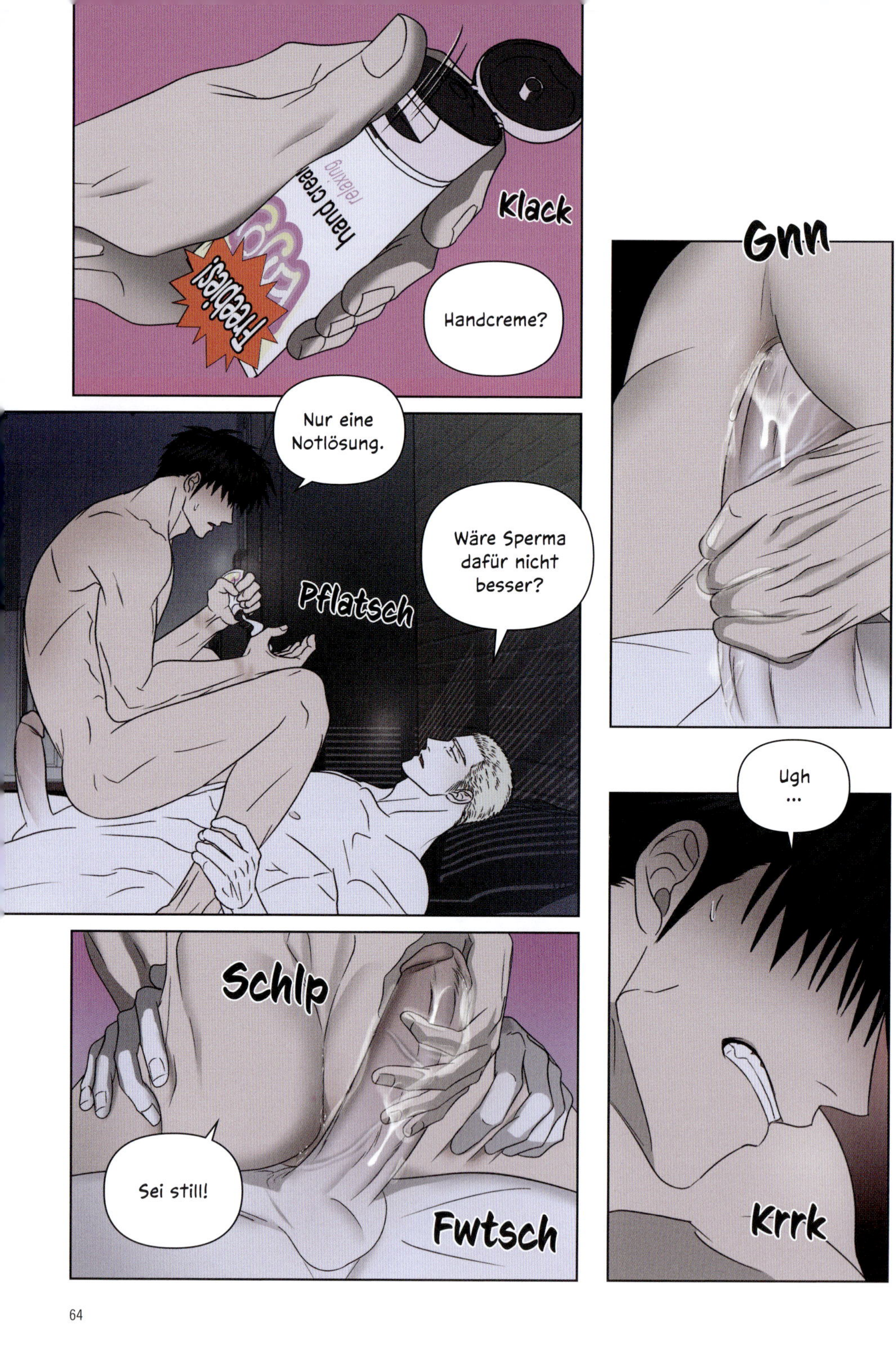
Freebies!
relaxing
Klack
Handcreme?
Gnn
Nur eine Notlösung.
Pflatsch
Wäre Sperma dafür nicht besser?
Ugh …
Schlp
Sei still!
Fwtsch
Krrk

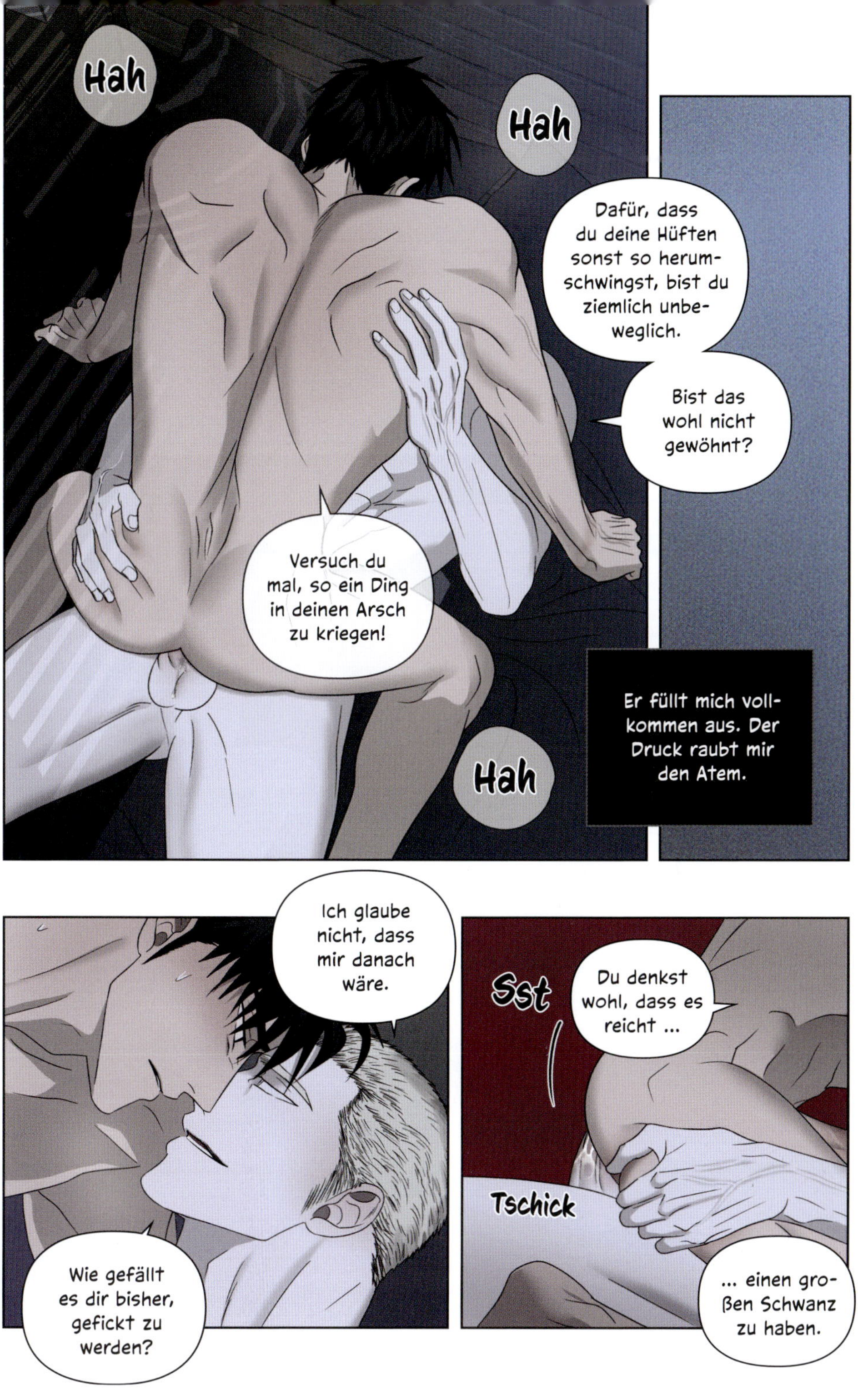
Hah
Hah
Dafür, dass du deine Hüften sonst so herumschwingst, bist du ziemlich unbeweglich.
Bist das wohl nicht gewöhnt?
Versuch du mal, so ein Ding in deinen Arsch zu kriegen!
Hah
Er füllt mich vollkommen aus. Der Druck raubt mir den Atem.
Ich glaube nicht, dass mir danach wäre.
Wie gefällt es dir bisher, gefickt zu werden?
Sst
Du denkst wohl, dass es reicht ...
Tschick
... einen großen Schwanz zu haben.

Hah
...
Grins
Du scheinst das noch weniger gewohnt zu sein als ich.
Halt kurz still!
Ich brauche noch einen Moment.
wopp
wopp
Gnn
Hah
So schnell, wie du dich reingestürzt hast, scheinst du zu wissen, was du tust.

Ja, wegen deinem unmög-lich großen Ding ...
Hah
... muss ich mich auf diese Weise bewegen.

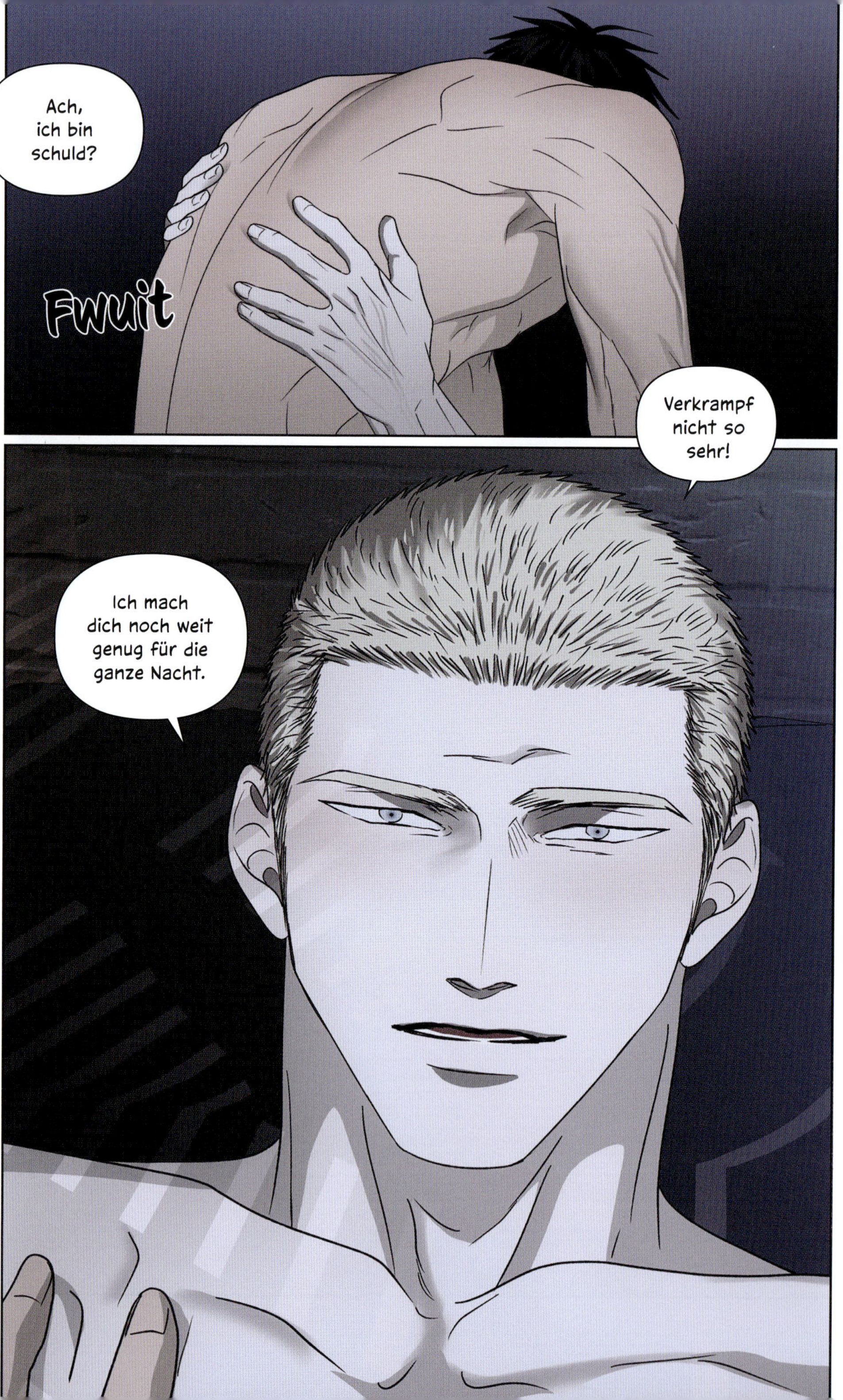
Ach, ich bin schuld?
Fwuit
Verkrampf nicht so sehr!
Ich mach dich noch weit genug für die ganze Nacht.

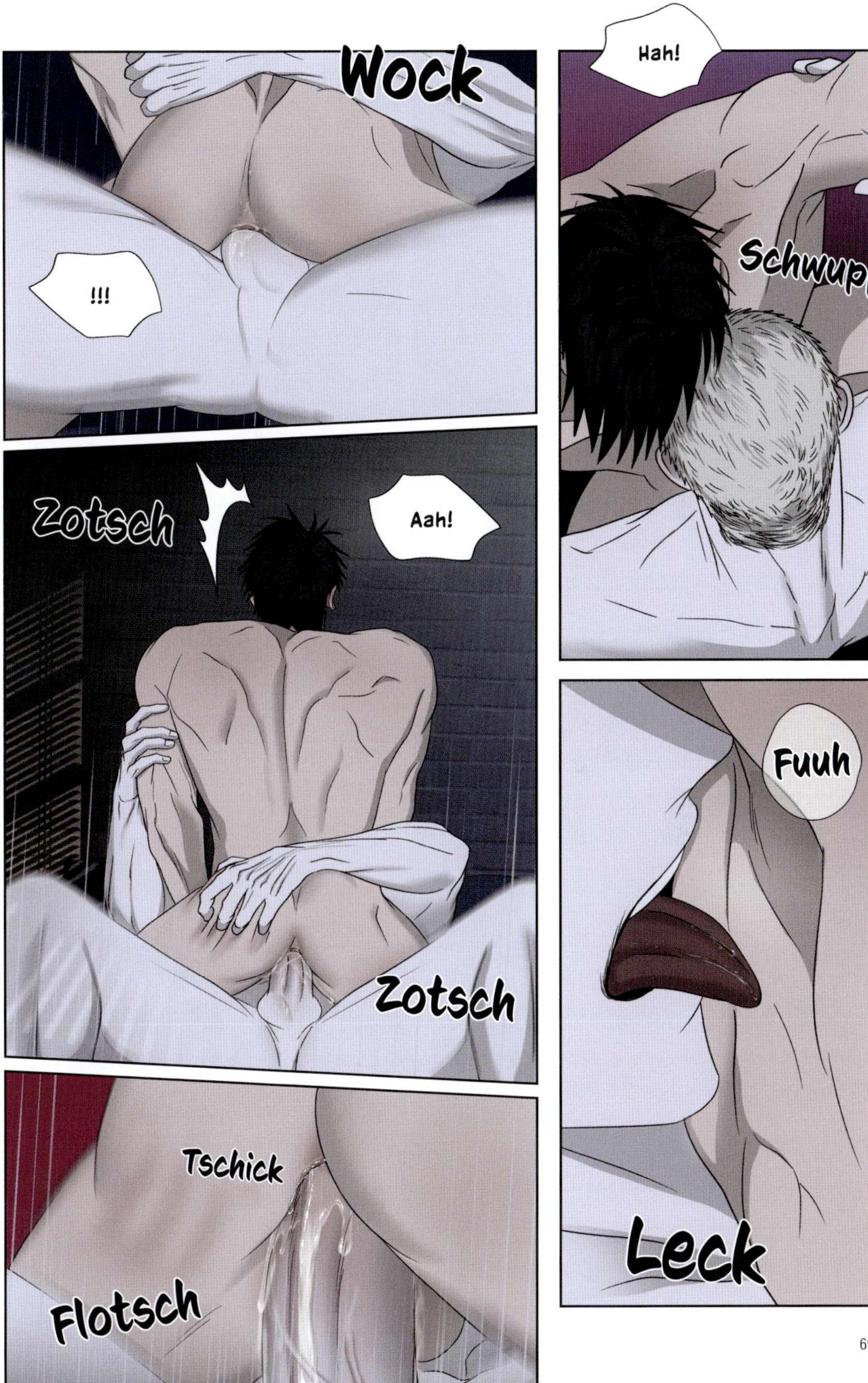
Wock
!!!
Hah!
Schwupp
Zotsch
Aah!
Zotsch
Fuuh
Leck
Tschick
Flotsch

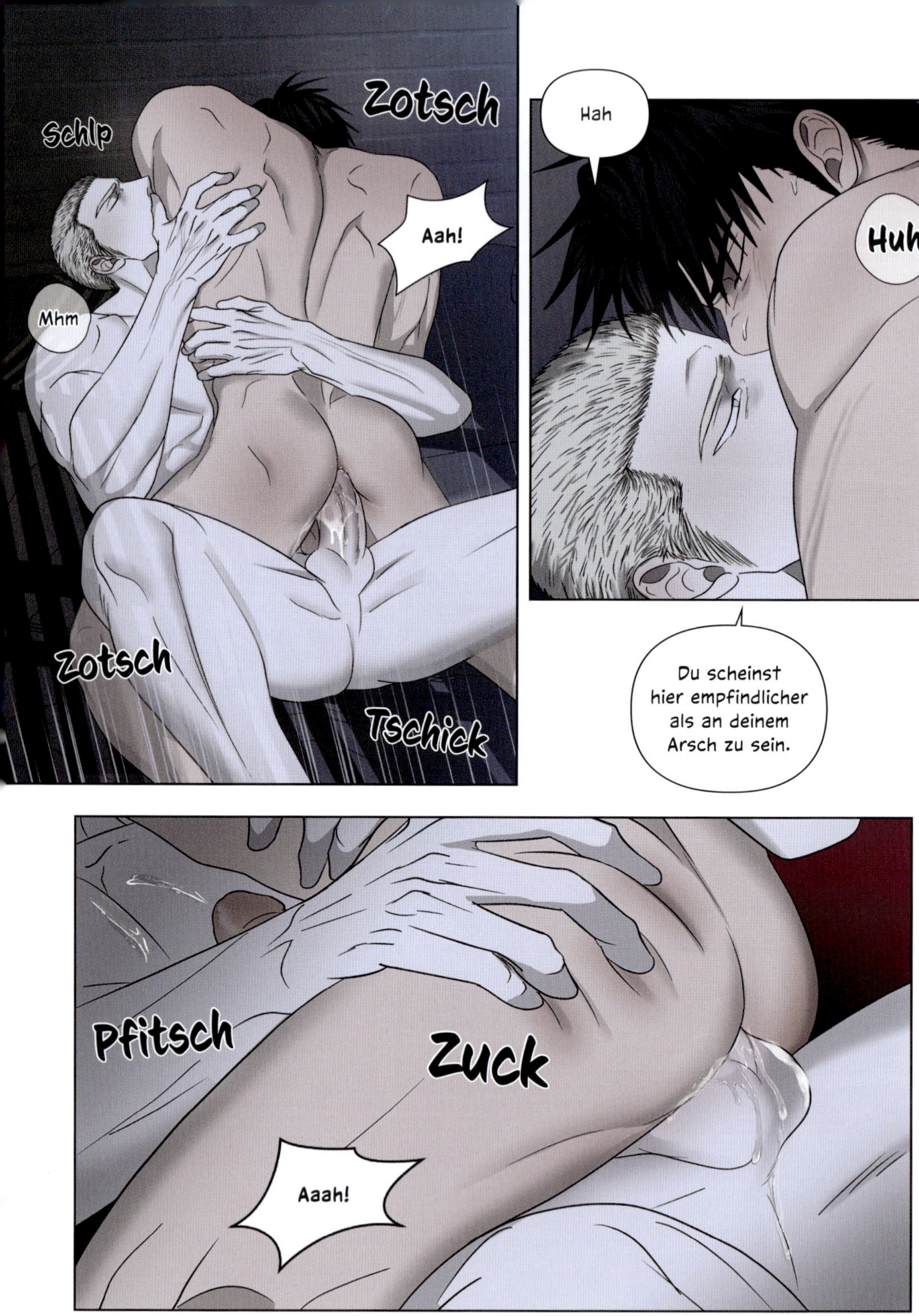
Schlp
Zotsch
Aah!
Mhm
Zotsch
Tschick
Hah
Huh
Du scheinst hier empfindlicher als an deinem Arsch zu sein.
Pfitsch
Zuck
Aaah!

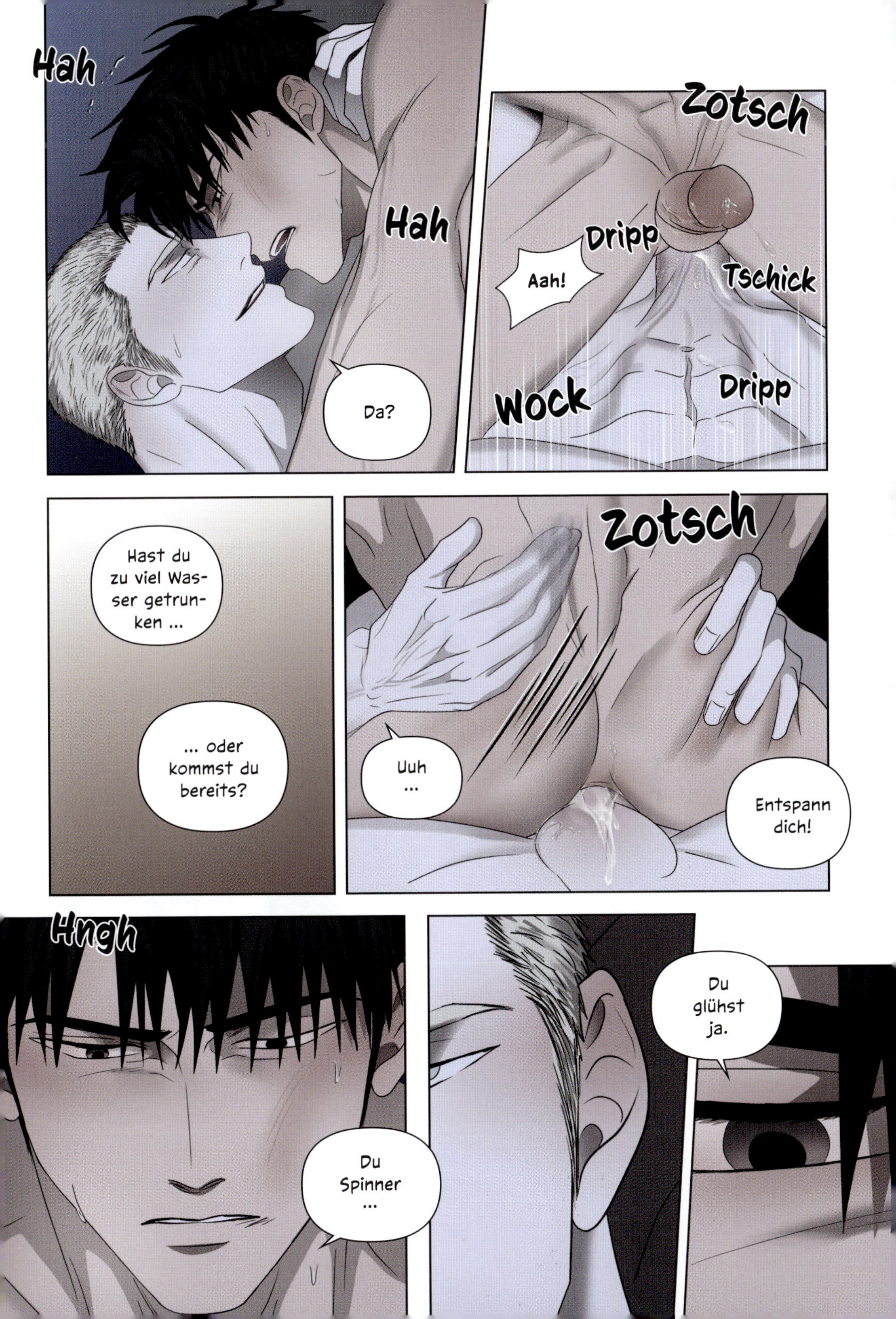
Hah
Hah
Da?
Zotsch
Dripp
Aah!
Tschick
Wock
Dripp
Hast du zu viel Was-ser getrun-ken ...
... oder kommst du bereits?
Zotsch
Uuh ...
Entspann dich!
Hngh
Du Spinner ...
Du glühst ja.

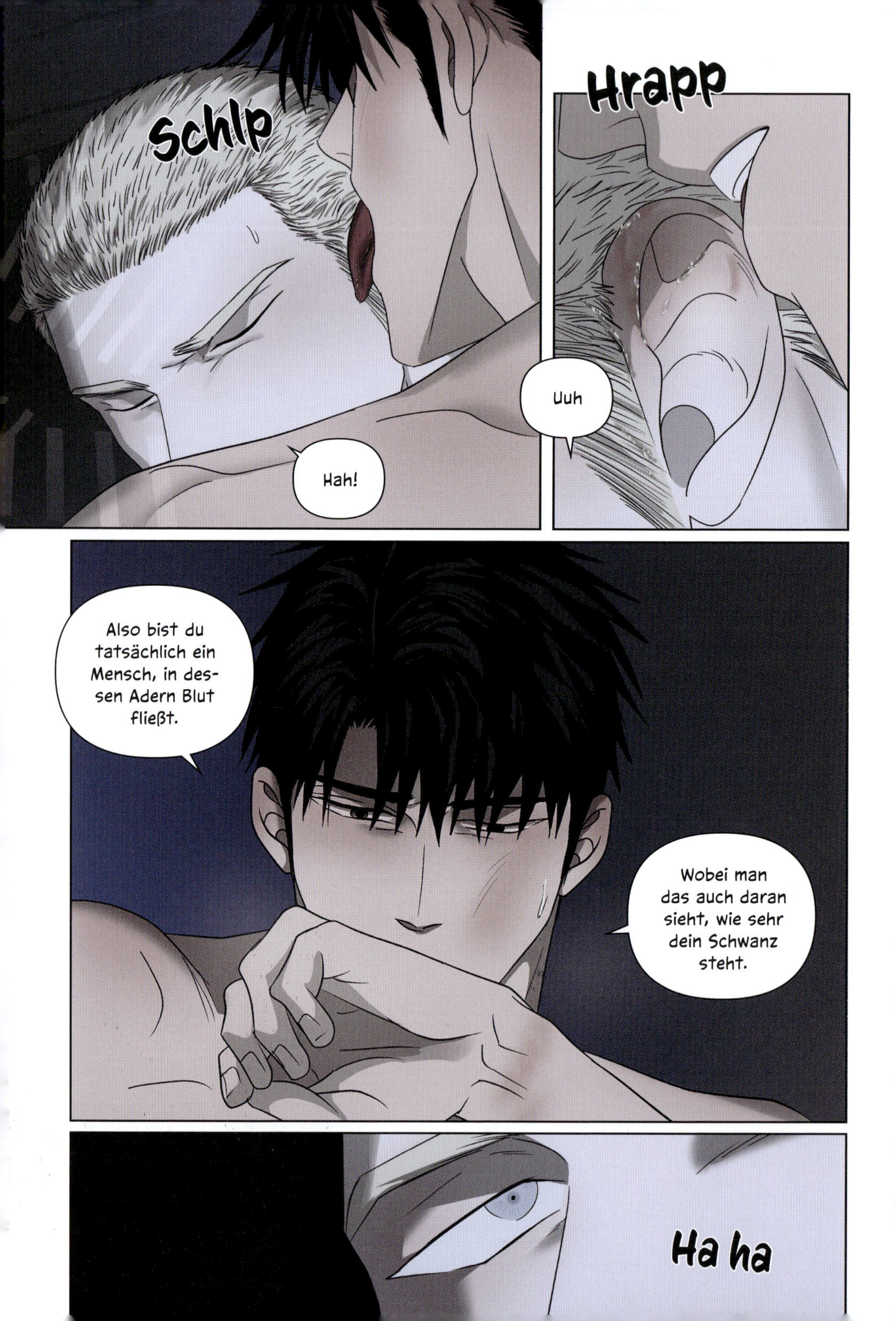
Schlp
Hah!
Hrapp
Uuh
Also bist du tatsächlich ein Mensch, in dessen Adern Blut fließt.
Wobei man das auch daran sieht, wie sehr dein Schwanz steht.
Ha ha

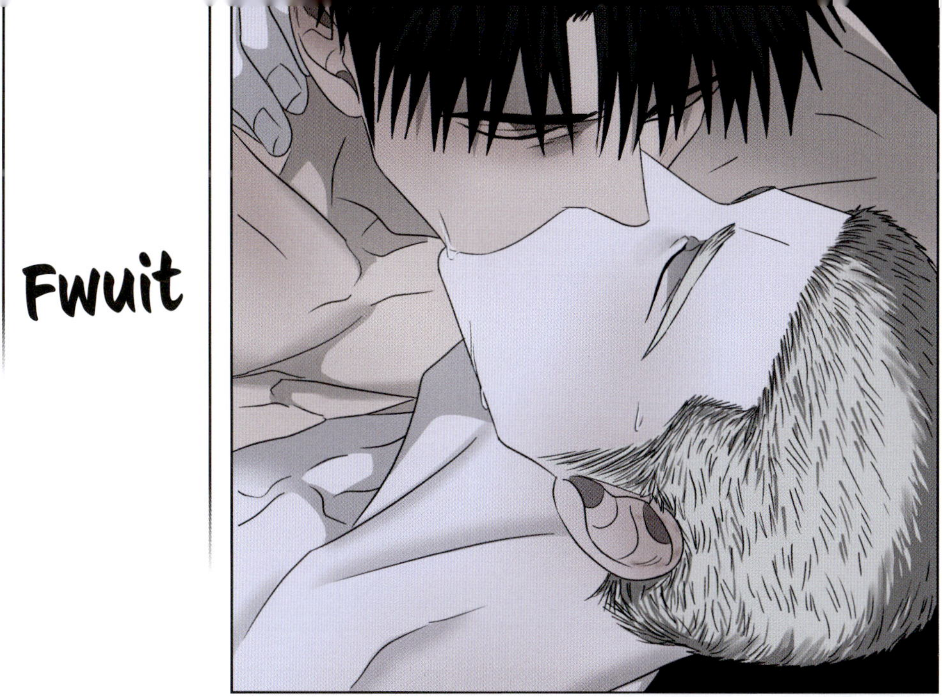
Fwuit

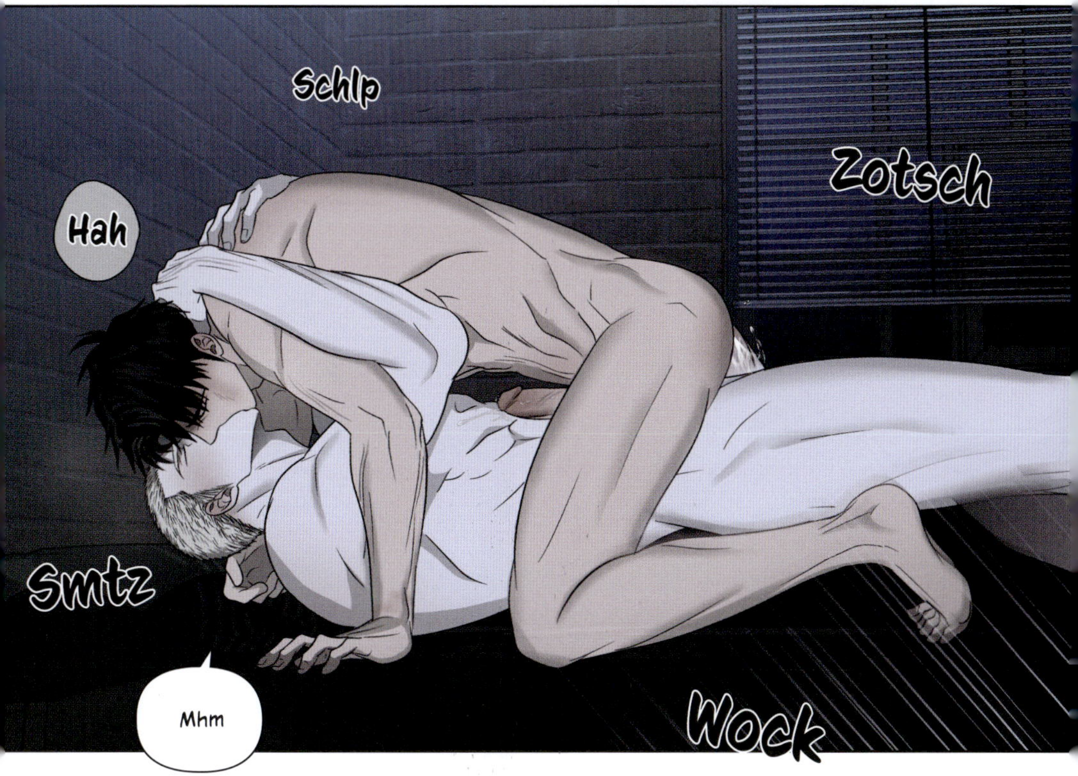
Schlp
Zotsch
Hah
Smtz
Mhm
Wock

Mhm!
Tschupp
Wock
Wock
Tschick
Aaah!
Zuck
Hah
Haah
Ich komme.
Wock
Hnng ...!
Splisch
Drip
Drip
Gnng
Ah!
Zuck
Hah!

Hah
Ich bin am ganzen Körper erschaudert, vom Kopf bis in die Zehenspitzen.
Hah
Na so was ...
Das war erst der Anfang.
Ssslt
Slick

Hah
...
Grins
Dein
Service ist
ganz okay.

ShutLine

Fwump
Aah …
Wie viel Zeit ist wohl inzwischen vergangen?
Uuh …
Iiiek
Tschick
Mir ist heiß.
Mhm
Du sagtest, dass du es versaut magst.
Tschick
Ich weiß nicht, wie oft ich gekommen bin.

Aber im Bett bist du dann eher still?
Zotsch
Schlp
Aah!
Hah
Ich hab dir diese Frage nie beantwortet.
Bei jedem Stoß seiner Hüfte ...
Zotsch
Hah
Wo ist der Mann hin, der von sich aus über mich her- gefallen ist?
Hah
... habe ich das Gefühl, dass mein Inneres nach au- ßen bricht.
Grapp

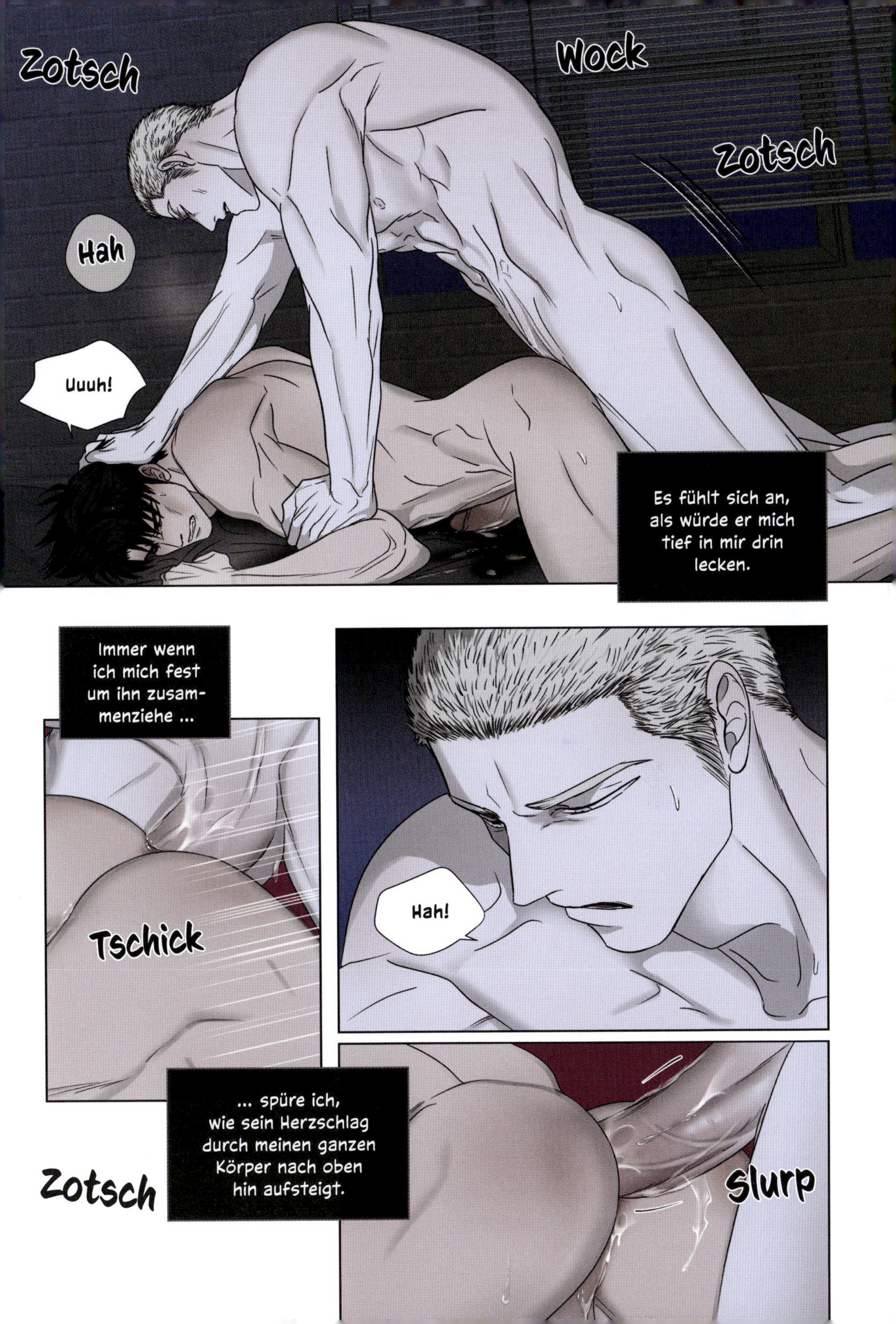
Zotsch
Wock
Zotsch
Hah
Uuuh!
Es fühlt sich an, als würde er mich tief in mir drin lecken.
Immer wenn ich mich fest um ihn zusam-menziehe ...
Tschick
Hah!
... spüre ich, wie sein Herzschlag durch meinen ganzen Körper nach oben hin aufsteigt.
Zotsch
Slurp

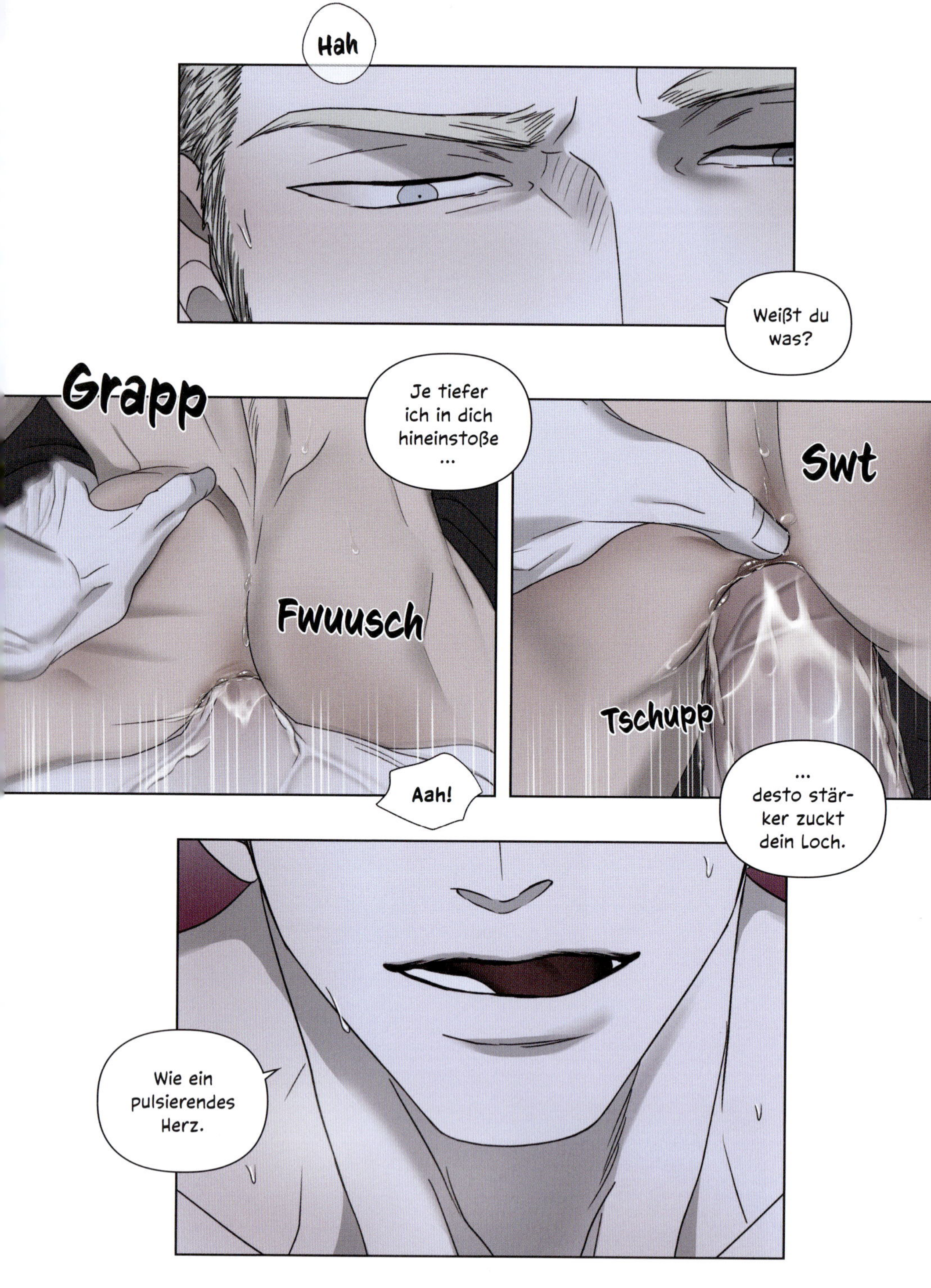
Hah
Weißt du was?
Grapp
Je tiefer ich in dich hineinstoße ...
Fwuusch
Swt
Tschupp
Aah!
... desto stär-ker zuckt dein Loch.
Wie ein pulsierendes Herz.

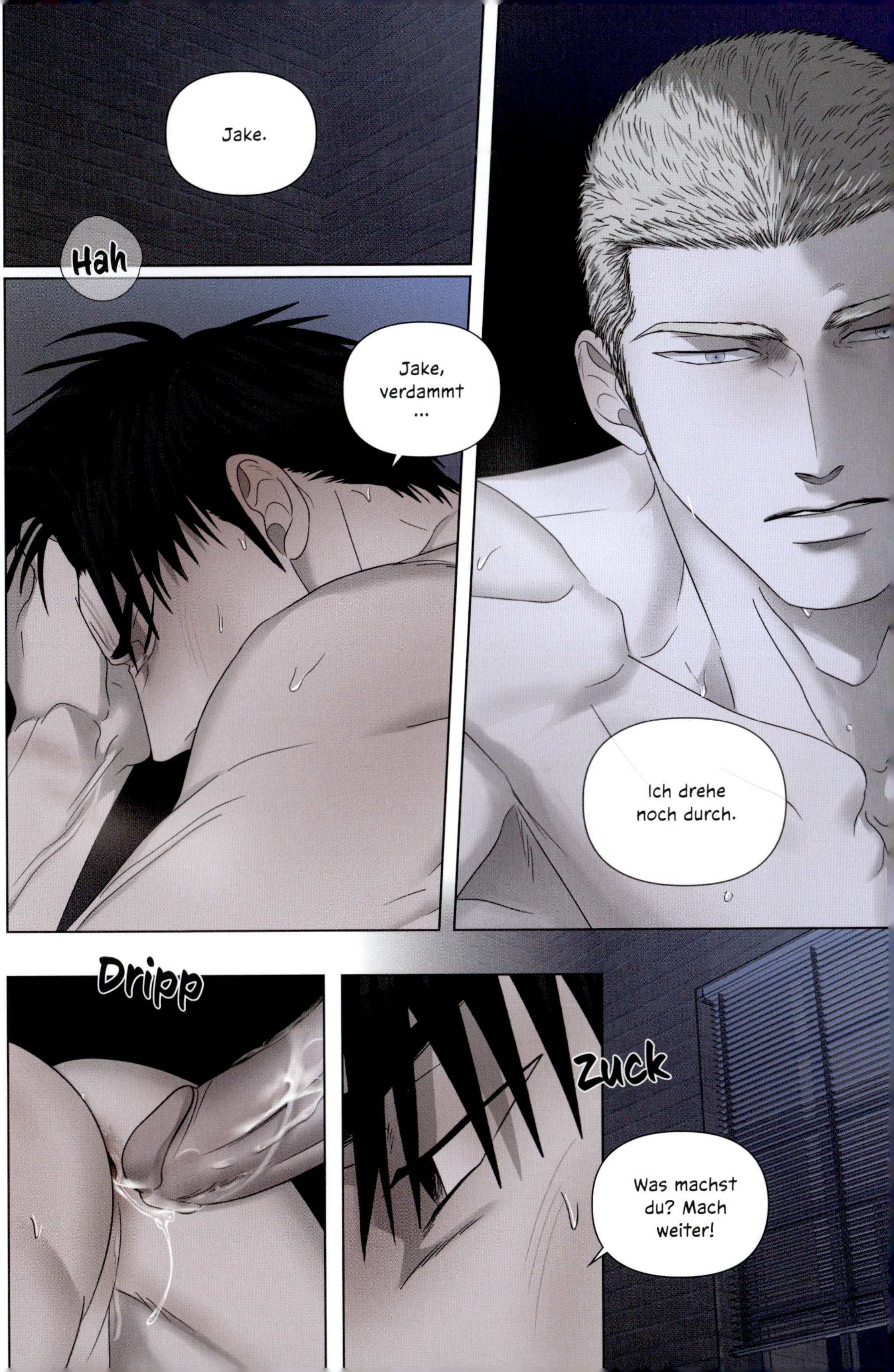
Jake.
Hah
Jake, verdammt ...
Ich drehe noch durch.
Dripp
Zuck
Was machst du? Mach weiter!

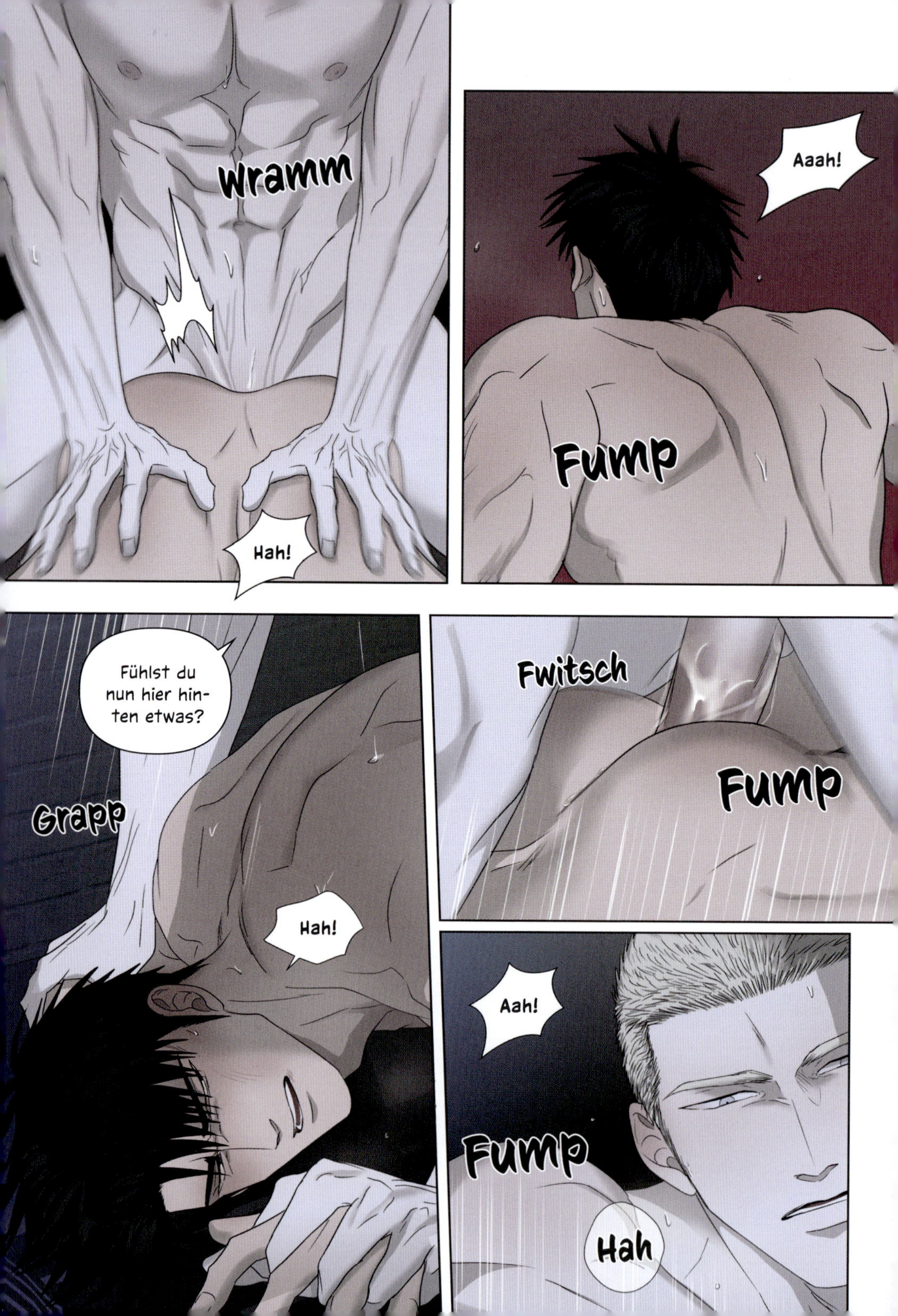
Wramm
Hah!
Aaah!
Fump
Fühlst du nun hier hinten etwas?
Grapp
Hah!
Fwitsch
Fump
Aah!
Fump
Hah

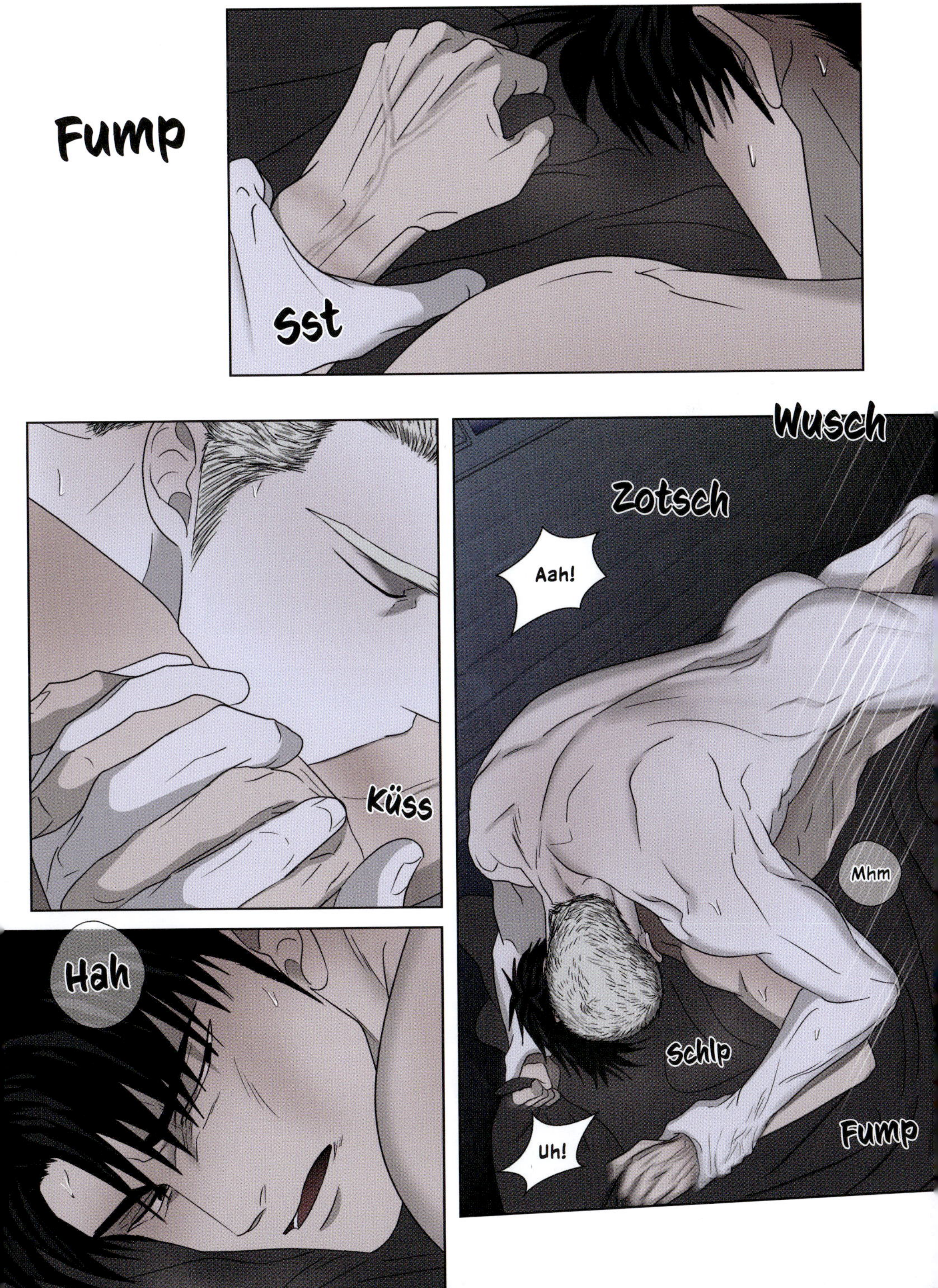
Fump
Sst
Küss
Hah
Wusch
Zotsch
Aah!
Mhm
Schlp
Uh!
Fump

Sst
Hah!
Wapp
Ah!
Fwock
Aah!
Ratter
Fwock
Zuck
Zitter

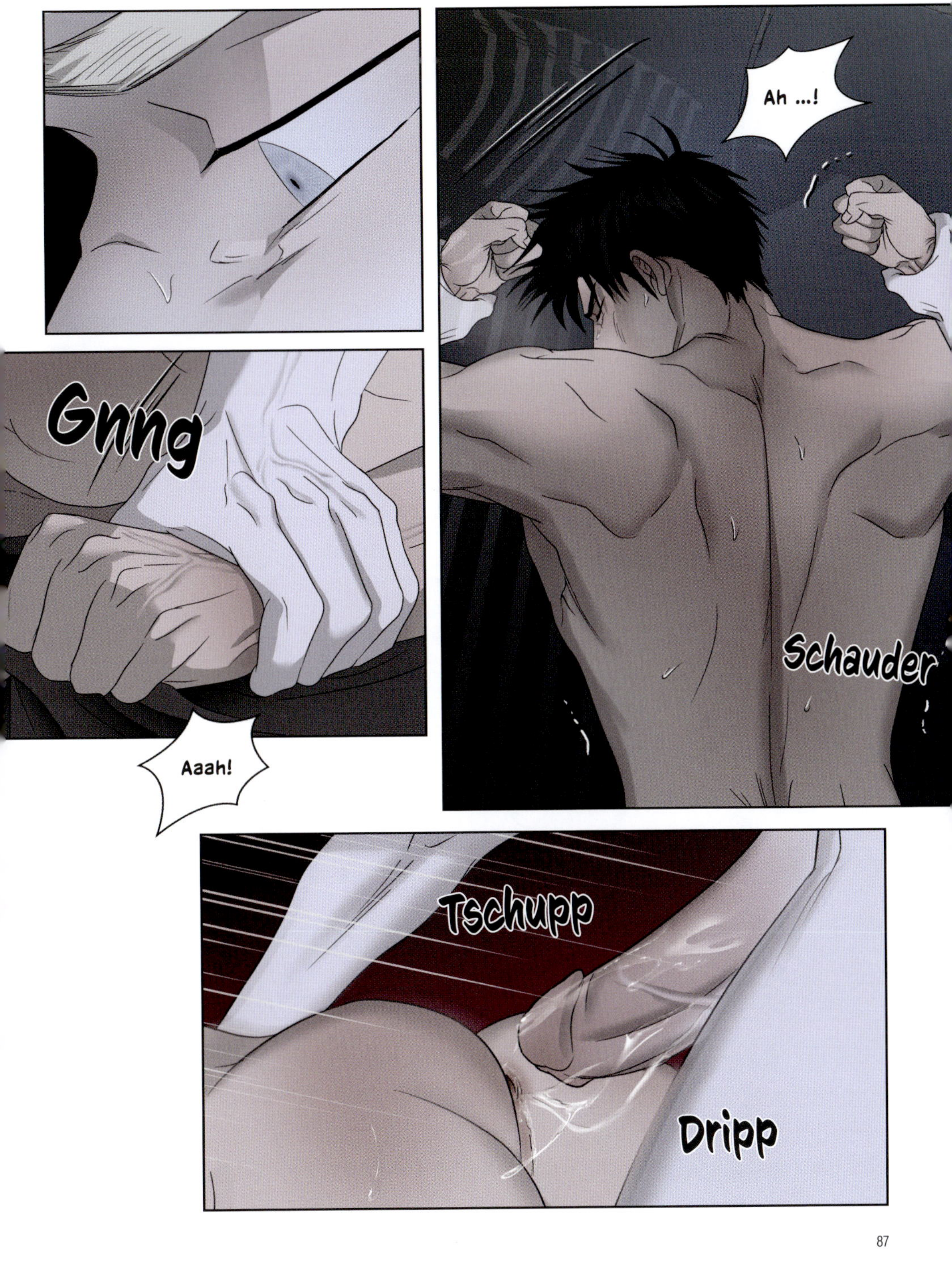
Ah ...!
Gnng
Aaah!
Schauder
Tschupp
Dripp

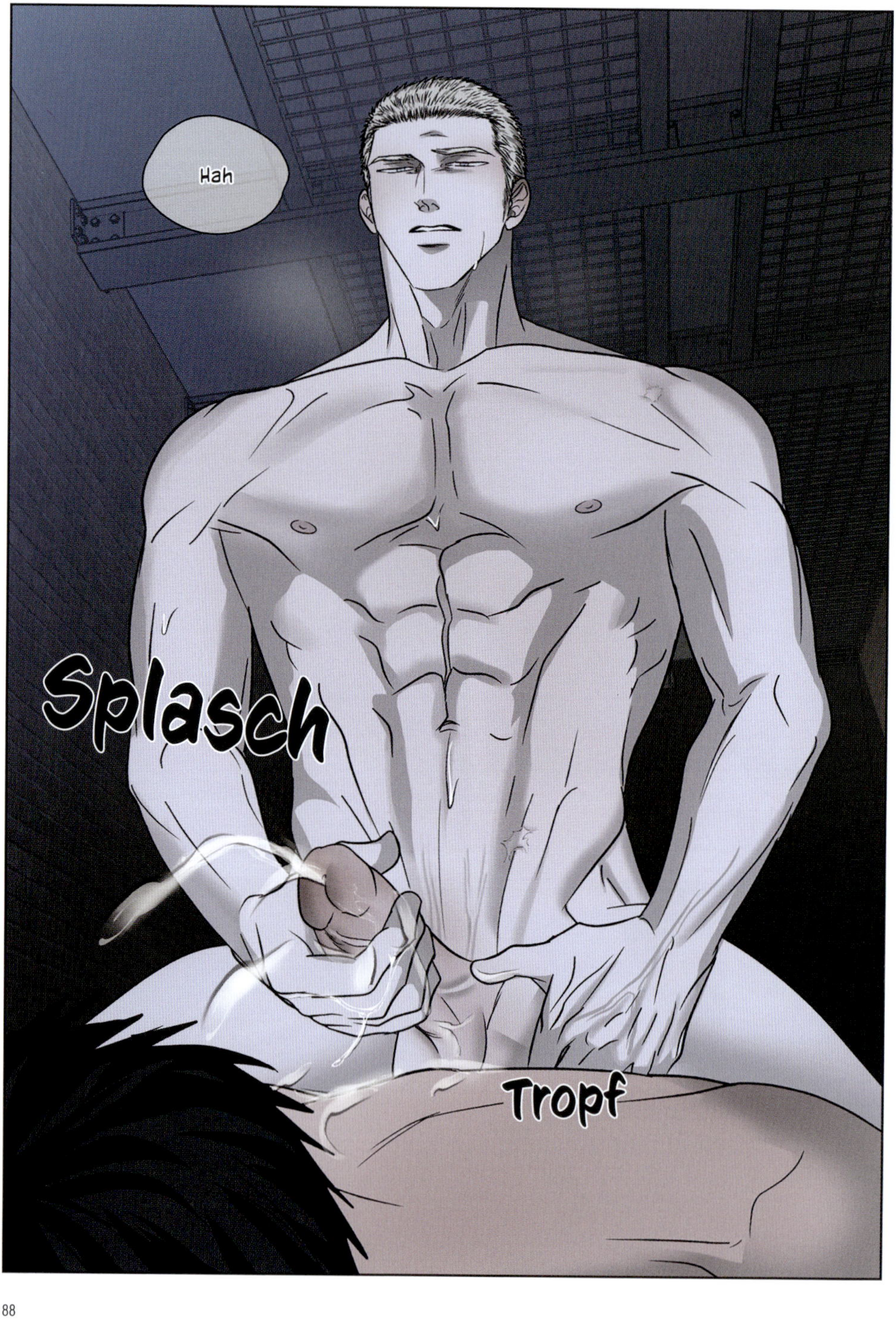
Hah
Splasch
Tropf

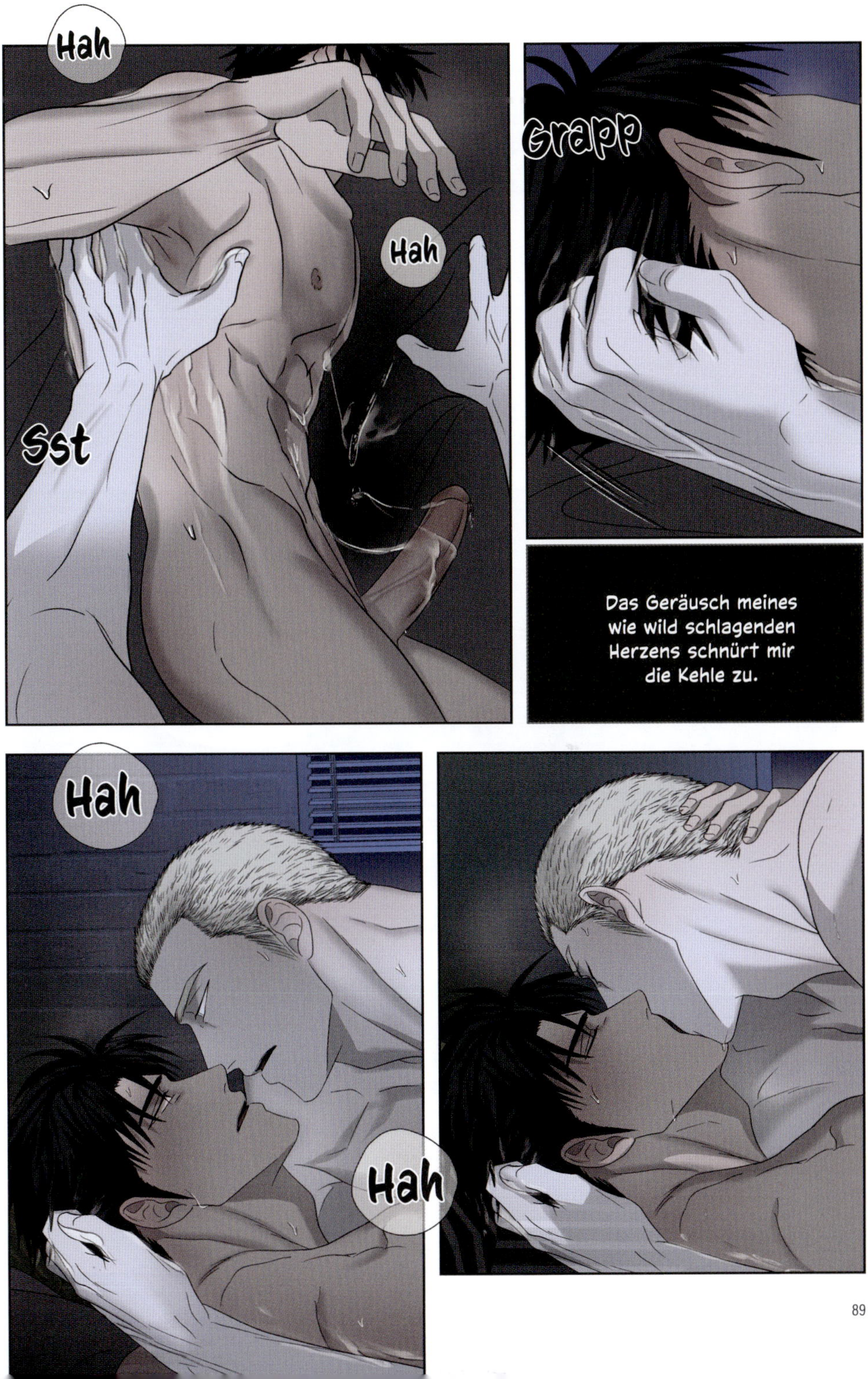
Hah
Hah
Sst
Grapp
Das Geräusch meines wie wild schlagenden Herzens schnürt mir die Kehle zu.
Hah
Hah

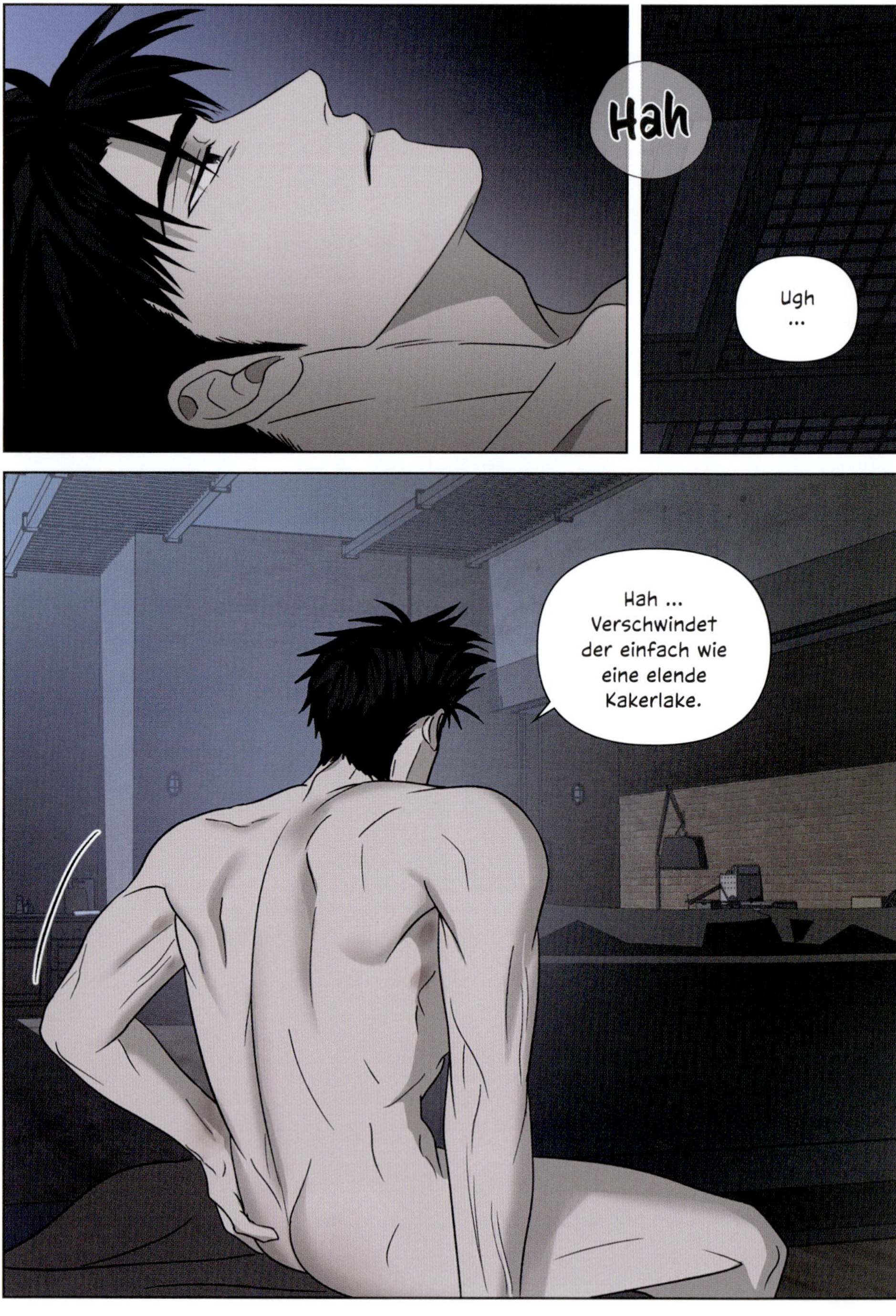
Hah
Ugh ...
Hah ... Verschwindet der einfach wie eine elende Kakerlake.

Ist er in dem zerrissenen Hemd auf die Straße raus?
Das überrascht mich nicht.
Klapper
Das waren kostenlose Proben aus dem Baumarkt.
Ich hab sie einfach so mitgenommen. Wer hätte gedacht, dass ich sie für meinen Hintern verwenden würde ...
Es war kein Bluff, dass er die ganze Nacht durchhalten wollte.
Dieser verrückte Kerl tut, was er verspricht.
Ich habe Durst.
Da fällt mir ein, dass das Bündel Geld von ihm immer noch auf meinem Tisch liegt.

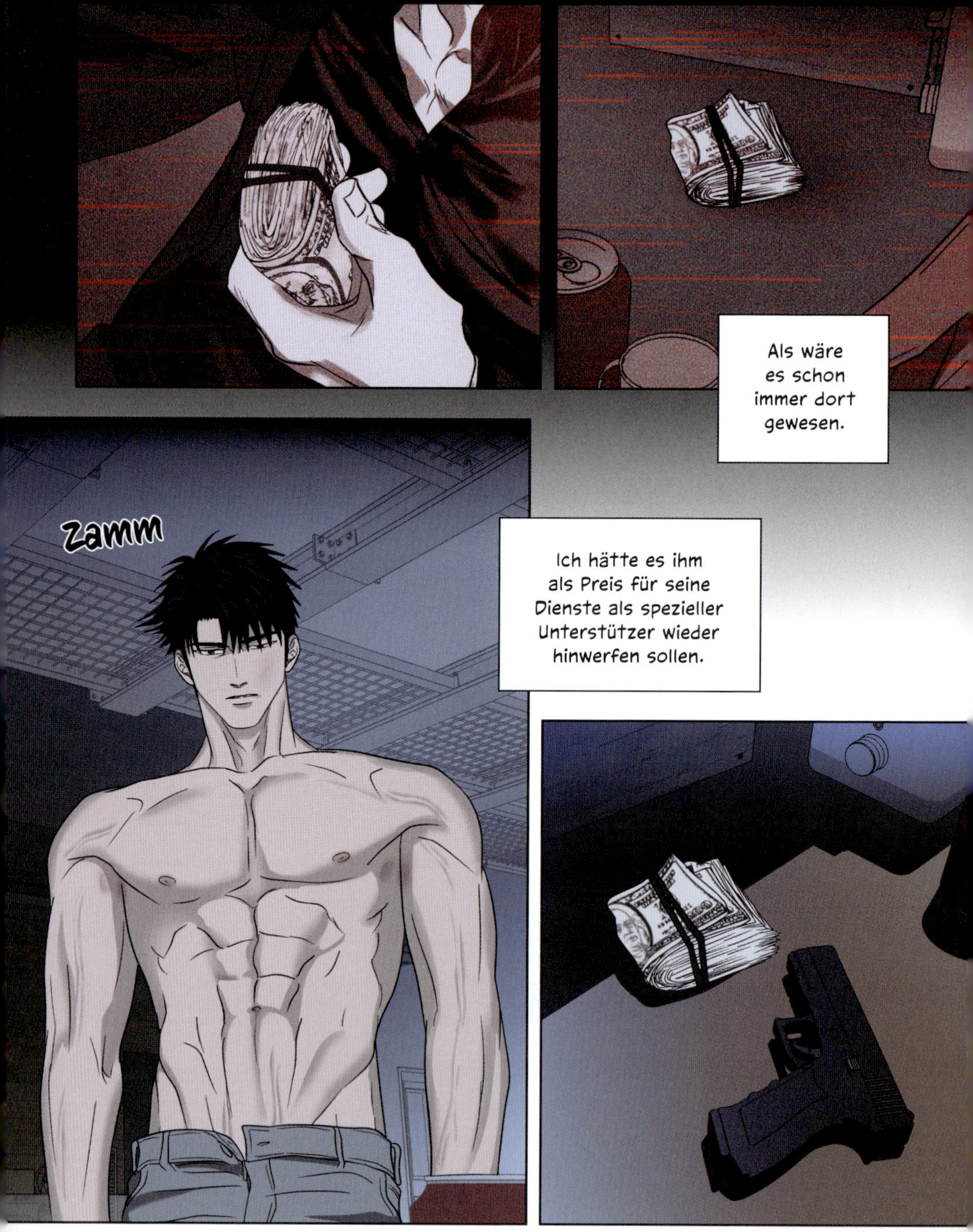
Als wäre es schon immer dort gewesen.
zamm
Ich hätte es ihm als Preis für seine Dienste als spezieller Unterstützer wieder hinwerfen sollen.

Jetzt hat er mir sogar eine Knarre gegeben.
Sst
Erschieß die nächsten Typen, die sich an dir vergreifen wollen!

Hah
Du hast doch eine Knarre, oder?
Saug nicht so viel herum!
Schlp
Natürlich nicht? Im Gegensatz zu dir töte ich keine Menschen.
Hah
Schlp
Hat er in diesem Moment gelächelt?
Sst
Verrückter Scheißkerl ... Er hat meine Worte schon wieder ignoriert.

Klick

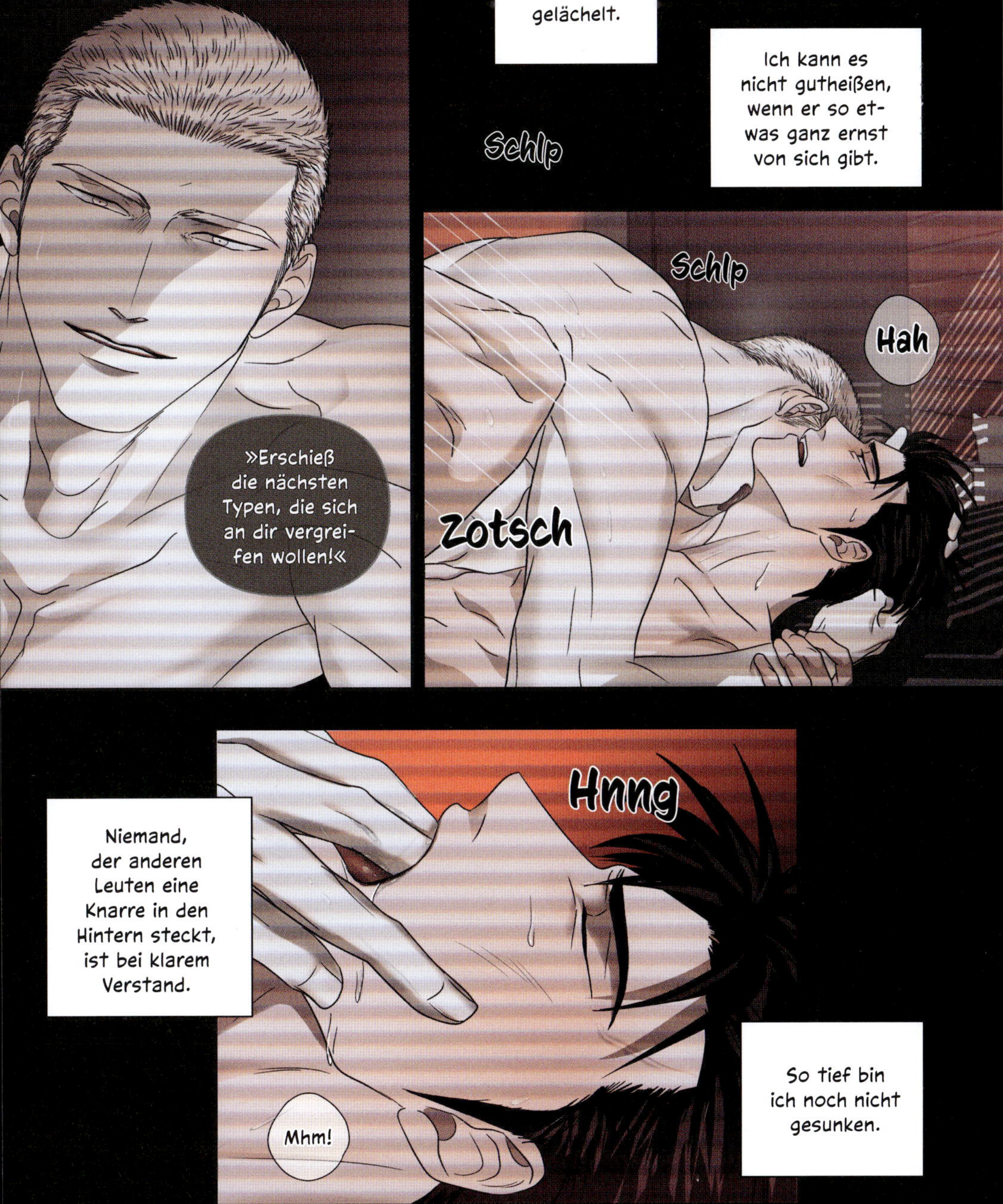
gelächelt.
Ich kann es nicht gutheißen, wenn er so etwas ganz ernst von sich gibt.
Schlp
»Erschieß die nächsten Typen, die sich an dir vergreifen wollen!«
Schlp
Hah
Zotsch
Hnng
Niemand, der anderen Leuten eine Knarre in den Hintern steckt, ist bei klarem Verstand.
So tief bin ich noch nicht gesunken.
Mhm!

»Trotzdem …
Ich habe dir eindeutig gesagt, dass du ihn nicht anrühren sollst.«
Aber das bekannte Übel ist besser als das unbekannte.

Hier! Das Feuerzeug gibt's gratis dazu!
Danke.
Hi hi
Fwt
Fwt
Keine Ursache!
Seit Kurzem sieht man dich kaum. Komm mal öfter her!
Klingeling
LIQUOR MAR
ATM
OPEN
SALE
Bevor ich mich auf dünnes Eis begebe, von dem ich nicht zurückkehren kann ...
... ertrinke ich in dem Schlamm, in dem ich bereits feststecke.
Fwitsch

Klack
ATM · MONEY ORDERS
LOTTO · PHONE CARDS
DELI · BEER & WINE
LIQU
PHONE
Ffh
Was hat mein Auto auf einmal?
Ffuh
Tuut
Tuut
Sie steckt ganz offen-sichtlich in der Klemme.
Puh …
Tapp
Pfsch

Was ist passiert?
Oh, junger Mann!
Der Kofferraum klemmt. Gestern konnte ich ihn noch öffnen ...
Was haben Sie im Kofferraum?
Klack
Überhaupt nichts. Das ist seltsam.
Klonk
Hier ist es total vollgestopft.
Klonk
Bamm
Bamm
Fwipp
OFF
ON
Was machen Sie da?! Schlagen Sie nichts kaputt!

Wupp
Klank
Oh, wow! Wie haben Sie das gemacht?
Die Kofferraumverriegelung war blockiert.
Das war es also …
Wenn das Handschuhfach so überfüllt geschlossen wird, wird der Knopf …
Mami!!
Du wolltest doch an der Tür warten … Hä?!
Zamm
Shin?!
Pack
Du verdammter Betrüger! Hab ich dich erwischt!!
Wapp
Oh! Dieser Bengel! Warum bist du so unhöflich?!

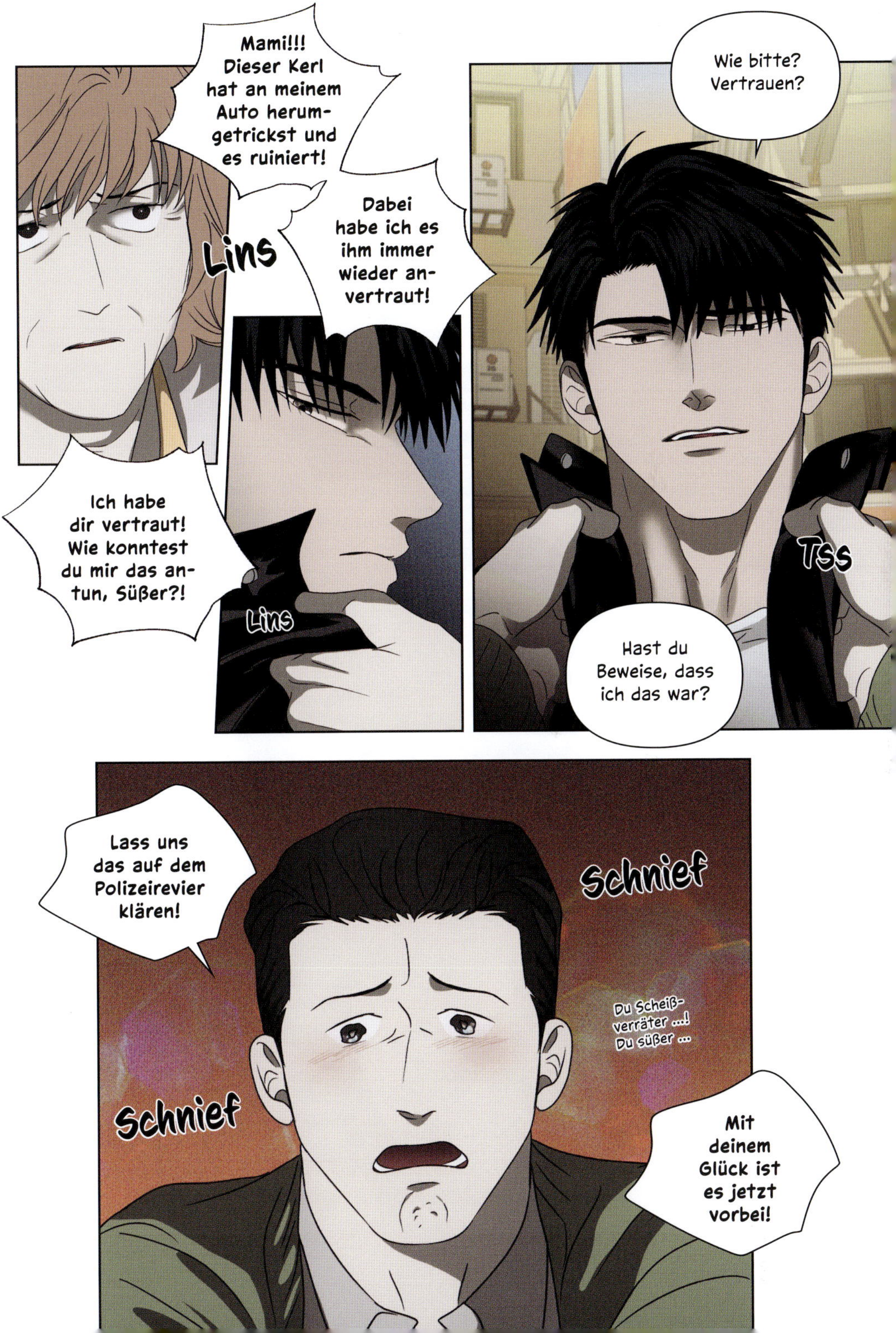
Mami!!! Dieser Kerl hat an meinem Auto herum-getrickst und es ruiniert!
Lins
Dabei habe ich es ihm immer wieder an-vertraut!
Ich habe dir vertraut! Wie konntest du mir das an-tun, Süßer?!
Lins
Wie bitte? Vertrauen?
Tss
Hast du Beweise, dass ich das war?
Lass uns das auf dem Polizeirevier klären!
Schnief
Du Scheiß-verräter ...! Du süßer ...
Schnief
Mit deinem Glück ist es jetzt vorbei!

Okay, du wolltest also diese alte Dame reinlegen?
Tipp
Ich wollte ihr lediglich bei ihrem Problem helfen.

Es kommt nichts Gutes dabei raus, wenn man sich anders als sonst verhält.
Ich lass dich nicht los, bis wir bei der Polizei sind, Süßer.
Leg Beweise vor!
Grapp
Tss, tss! So sollte man nicht leben, junger Mann.
Blick
Solcher Mist wiederholt sich immer wieder.

Das sagen alle, die hier sitzen.
Ha ha
Sst
Seinem Blick nach scheint er auf Fallzahlen aus zu sein.
Wahrscheinlich komme ich dieses Mal nicht nur mit ein paar Nächten im Knast davon.
Klink
Ich konnte nicht mal in der Werkstatt Bescheid sagen ... Ich bin erledigt.
Oho? Du bist mir ja einer!
Du warst schon mehr als nur ein- oder zweimal hier.
Tipp
Tipp
Du wirkst gar nicht so, aber deine Fingerabdrücke tauchen ständig auf.
Nun ja, ein hübsches Gesicht heißt nicht, dass man keine Straftaten begeht, oder?

Du kennst wohl viele alte Damen?
Ich bin es gewohnt, dass man mich abschätzig anschaut, selbst wenn ich etwas Gutes tun möchte.
»Außerdem weiß ich genau, worauf jemand wie du aus ist!
Wack
Was?«
Die konntest du bestimmt leicht betrügen.
Daher ist es einfacher, so zu leben, wie sie es von mir erwarten.
Ich wollte nur auf dem Weg zur Arbeit jemandem helfen, der Hilfe brauchte.
Klink

Ich hatte keine bösen Absichten.
Die Antwort ist wie aus dem Lehrbuch.
He he
Ihr Verbrecher sagt echt immer dasselbe.
Reparierst du als Straßen-mechaniker nur irgendwelche Autos?
Wer weiß, in was für Sachen du noch verwi-ckelt bist?
Sst
Hm? Was hast du getan?

Wenn sie mich erwischen, bin ich geliefert.
Gnng
Wie komm ich aus der Nummer wieder raus?
Klack
Herr Kommissar!
Hm? Was ist?
Niemand weiß von dem Drogentransport. Zumindest soweit ich weiß.
»Ach ja? Dann ist er nützlicher, als er aussieht.«
Denn alle, die dort anwesend waren, wurden von Jake getötet.
Flüster
Ja.
Ja, das stimmt.

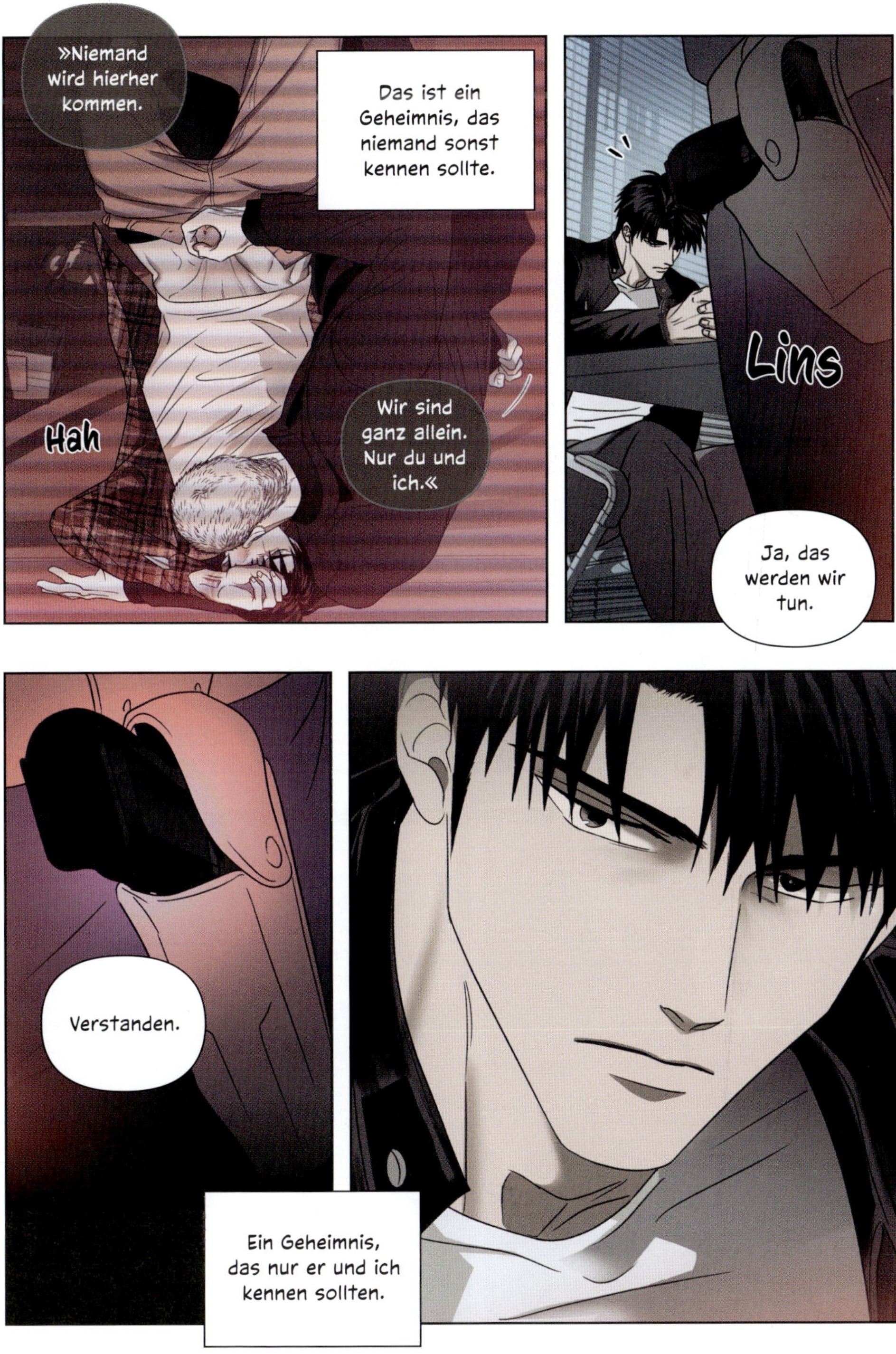
»Niemand wird hierher kommen.
Das ist ein Geheimnis, das niemand sonst kennen sollte.
Hah
Wir sind ganz allein. Nur du und ich.«
Lins
Ja, das werden wir tun.
Verstanden.
Ein Geheimnis, das nur er und ich kennen sollten.

Okay.
Klapp
Sst
Ich schätze, wir sind alle keine Maschinen, sondern nur Menschen, und wir machen mal Fehler.
Ohne Beweise können wir keinen unschuldigen Bürger festhalten.
Es ist die Aufgabe der Polizei, euch Bürger zu schützen und sicher nach Hause zu bringen.
Also dann, verschwinde!
Pfft
Er war so scharf darauf, mich einzubuchten, aber durch nur einen Anruf war er komplett anders.
Plapper
Klack
Plapper

Was das wohl für ein Anruf war?
Zzz
Ich kenne niemanden, der bei der Polizei Einfluss hätte.
War er das etwa?
Quiee
Jemand, der zu so etwas in der Lage wäre ... Ich wusste es.
Klack
Hmm

Grins
Ha ha
...

Jake Gillan.
Nick
Er ist der Einzige.

Du stehst da, als würde dir sogar die Polizei gehören.
Ich hab gehört, mein Mechaniker hat eine schwule Seifenoper aufgeführt.
Deshalb wollte ich selbst sehen, wie die Lage ist.
Deine Beschattung taugt null.
Was ist mit diesen verdächtig aussehenden Typen?
Streiten die sich? Sollen wir einschreiten?
Stimmt das etwa nicht?
Nein.
Sollten wir vielleicht besser verschwinden, bevor sie dir auf die Schliche kommen?
Lins

Bieeep
Ich wollte etwas Gutes tun, aber nichts funk-tioniert.
Tuut
Bieeep
Luck
HOT COMBO
Yummy~! Yummy~!
Warum musste ich ausgerechnet da geschnappt werden?
Plapper
Kratz
Ich wusste doch, dass das nichts für mich ist.
Sst
Das ist nicht das erste Mal, dass du verhaftet wurdest. Warum setzt es dir dieses Mal so zu?
Flüster
Du siehst wie ein begossener Pudel aus.

Zuck
Lachst du?
Na, na! Wenn ihr streiten wollt, dann da drüben!
Tss
Tonk
Ratter
Aber wie hast du mich da rausgeboxt?
Pscht
Als Merciful hat man mit dem einen oder anderen korrupten Cop zu tun.

Dann ... haben sich auch korrupte Cops um die Sache im Lagerhaus gekümmert?
Tipp
In der Unterwelt ist es ein ungeschriebenes Gesetz, dass man grausam stirbt ...
Tipp
... wenn man die Ehefrau eines Mitglieds der Organisation anrührt.
Auch wenn du nicht meine Ehefrau bist.
Pfwuah
Öchö
Groooh
Aber wenn man sich mit einem meiner Leute anlegt, legt man sich mit mir an.
Was ist? Stört dich das?

Ich war dabei, als dieser Mann jemanden umge-bracht hat.
Davon weiß sowie-so niemand etwas.
Niemand außer uns.
Fühle ich deshalb eine tie-fere Verbindung zu ihm?

Nun, in dem Fall ...
Krack
Absurderweise beruhigen mich seine Worte.
Sein Anzug, der wie angegossen sitzt ...
... und sein erfrischendes Aftershave, das einem in seiner Nähe entgegenweht.

Haaah
Du siehst so anständig aus, dabei bist du bloß ein Gangster.
Starr
Er hat jemanden getötet, um mich zu retten, und mich bei der Polizei rausgeholt.
Nach all den verrückten Dingen, die wir zusammen erlebt haben, habe ich Mitgefühl mit ihm.
Dein Gesicht sieht in Ordnung aus ...
... aber dein Handgelenk ist immer noch so.
Ich denke, dass so etwas bei ihm schon mal vorkommen kann.

Ja. Dank jemand Bestimmten, der mich daran gepackt und herumgewirbelt hat.
Ich meinte damit, dass mir der Anblick gefällt.
Perversling! Stehst du da drauf?

Er taucht ständig ohne Vorwarnung auf, bringt das Leben anderer durcheinander und verschwindet wieder.
Uff, ist das kalt! Ich friere so schnell.
Ich kann mir nicht vorstellen, wie er ruhig bis zum Morgengrauen neben jemandem liegt ...

Es passt eher zu dir, nach dem Sex direkt abzuhauen.
Sag mal, hast du dieses zerrissene Stück Stoff einfach so wieder angezogen?
Mampf
Mampf
Du warst so ausgeknockt, dass du meine Verabschiedung nicht mal gehört hättest.
Ha ha
Verabschiedung? Ernsthaft?
Du hast es offenbar noch nie mit einem Mann getan.
Einen in mir zu haben war nicht so ganz meins.
Du hattest also Erfahrung damit.
Ha ha
Das kam unerwartet ...

Tapp
Wenn das damals nicht so gut war, zeig ich dir gern jederzeit, wie es richtig geht.
Ich werd es dir so besorgen, wie du es mir befiehlst.
Dafür haben wir jetzt schon gut genug gevögelt.
Obwohl ich dich noch nicht zum Weinen gebracht habe.
Zuck
Hah?
Hey!
Gnn

Zuerst werde ich dich zu Boden drücken und so lange nehmen, bis mir langweilig ist.

Lass dich nicht von irgendeinem dahergelaufenen Kerl nehmen!
Flüster
Bist du so sicher, dass es mir mit dir gefallen würde?
Wenn ich dann noch neugierig bin, sage ich es dir.
Sst
Warum nicht?
Sag mir dann unbedingt Bescheid!

So gut warst du jetzt auch nicht, obwohl du unglaublich groß bist.
Du musst ja auch weit genug sein, damit alles reingeht.
Pfft
Sst
Tipp
Tipp
Richtig schön weit.

Iss, so viel du willst!
Gibst du hiermit etwa an?
Aber cool, dass du als Gangmitglied sogar eine Mittagspause hast.
Tapp
Stapf
Fwit
Mach's gut!
Wohin willst du?
Biep
Steig ein!

Hah
Du
...
Jetzt
wirkst du wie
ein reicher Busi-
ness-Macho.
Vrooomm

Vroomm
TELEPHON
Kriiiek

Warte brav hier!
Was machst du, wenn ich mit deiner Karre abhaue?
Klack
Probier's aus, wenn du das wissen willst!
Stapf
Tss

Fwwt
PHONE
MEDIA
RADIO
NAV
APPS
VOICE
Hm, schön weich.

Es hat seinen Grund, dass es so teuer ist.
Grapp

Stapf
Stapf
Hi hi
Ziemlich glanzvoller Auftritt, Jay.
Was ist das für ein Auto?

Willst du so verzweifelt Aufmerksamkeit?
Ich? Ich bin in der Modebranche. Ich muss so aussehen.
Denkst du, nur du kannst das?
Klink
Wirbel
Das Royal Roader öffnet bald.
Auf den Straßen wird viel über das neue Casino geredet.
Es gibt viele Gruppierungen, die das Royal Roader für ihre Zwecke nutzen wollen.
MILLION
Nun, lass sie dort ihr Geld aus dem Drogenverkauf verspielen!
Wenn das den Umsatz erhöht, umso besser für uns.
Tipp
Tipp
Hi hi
Stimmt. Das Geld kommt sowieso zu uns zurück.

Wobbel
Wobbel
Hast du Harry Wild getroffen?
Ist er echt so abartig?
Starr
Er ist nicht wichtig.
Er ist nur eine perverse Marionette.
Zuck
Ha ha. Es gibt also wirklich noch jemand an-deren.

Ich hab mich schon gewundert, wo dieser alte Rüpel mehrere Millionen Dollar herbekommen hat.
Und? Wie läuft es?
Während du die Verräter massakriert hast, habe ich alles vorbereitet.
Wir haben einen Lieferanten in Mexiko.
Die Lieferung kommt bald im Hafen an und ein gekaufter Zollbeamter fängt sie ab.
Es läuft also alles glatt.

Ich habe meine Auf-gabe erfüllt.
Als Nächstes bist du an der Reihe, Jay.
Also pass gut auf dich auf!
Lächel
Sst
Pass eher du auf!
Flapp
Du läufst wie eine große Zielscheibe herum.

Liam? Ich bin es, Shin.
Shin?! Was ist passiert?
Tut mir leid, mir ist was dazwischengekommen.

Tapp
Ich erzähle dir alles genau, wenn ich in der Werkstatt bin. Ja.
Tapp
Klack
Ich werde bis zur Werkstatt fahren.
Warum? Gefällt dir das Auto?
Ja.
Du wärst beinahe im Knast gelandet und hast trotzdem nur Augen für mein Auto?
Er fährt überall umher, als hätten wir nichts Besseres zu tun.
Ich hab dich immerhin rausgeholt.

Was er wohl wieder ausheckt?
Der Kerl hinterm Steuer ist das Problem.
Blick
Das Auto trifft keine Schuld, nicht wahr?
Pfft
Vrooomm
Vroomm
Wenn du mit diesem Auto herumfährst, ziehst du viele Blicke auf dich.
»Soll ich Ihnen helfen?«
Weil dir das bewusst ist, fährst du auch noch diese klapprige Kiste, oder?

Und?

Grapp
Es ist auch gut für Sex im Auto, weil sich die Sitze ganz nach hinten schieben lassen.

Du denkst bei so einem tollen Auto nur an das eine?
Groooh
Also hast du noch nie Sex im Auto ausprobiert?

So ein Auto
ist zu sexy.
Wobei es wohl
bei einer Flucht
Vorteile hätte.

Was
redest du
da? Darum
geht es
nicht.
Außerdem
wäre es viel zu
teuer, die Sitze
reinigen zu
lassen ...
Das
wäre es
mir wert.
Vergiss
es! Ver-
dammt.

Grins
Du bist so viel gekommen, dass die Laken ganz nass waren.
Zuck
Was tust du?!
Gnng
Wie viel mehr kannst du noch rausschießen?
Das war nicht nur ich. Bei dir ging es ebenfalls drunter und drüber.
Ffft
Hah
Fummel
Es muss nicht unbedingt im Auto sein.

Was ist
aus dem sau-
beren Bett
geworden?
Fuuh
Wir haben
doch eine
saubere Mo-
torhaube?
Dieses
sexy Fahr-
gestell
...
Fwit
Sst
...
fährt so
schnell und flüs-
sig, wie man
Gas gibt.

Sst
Hah …
Wenn du mich da berührst, werde ich natürlich geil.
Gnn
Sst
Lass das! Das ist gefährlich.
Gerade deshalb ist es doch so geil.
Grapp
Patt
Patt
Wir könnten einen Unfall verursachen.

Sst
Man muss teure Autos gut behandeln.
Fwip
Du benimmst dich wie ein Geliebter.
Vrooomm
Zisch
Hm? Was für ein Unsinn soll das sein, werter Kunde?
Hattest du das überhaupt schon mal? Nicht nur bloße Sexpartner?

Du hast sicher alleine unter der Bettdecke geschlafen.
Lins
Ich bin sogar verschwunden, bevor es unter die Bettdecke ging.
Ja.
Das passt zu dir.
Grins

ShutLine

Meine verehrten Damen und Herren, ich freue mich, Sie willkommen zu heißen.
Ich bin der Präsident der Casino- und Hotelkette Royal Roader ...

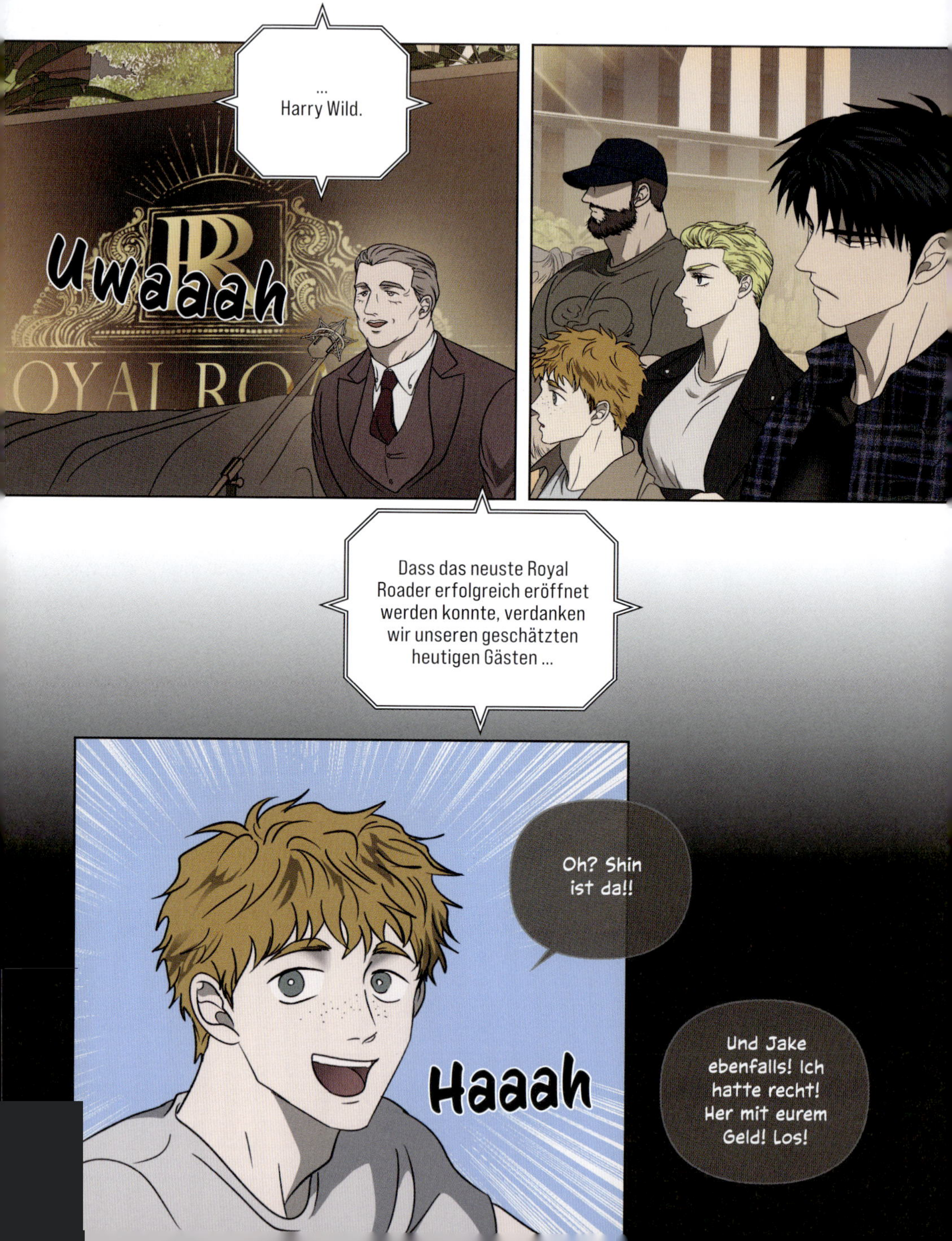

... Harry Wild.
Uwaaah
Dass das neuste Royal Roader erfolgreich eröffnet werden konnte, verdanken wir unseren geschätzten heutigen Gästen ...
Oh? Shin ist da!!
Haaah
Und Jake ebenfalls! Ich hatte recht! Her mit eurem Geld! Los!

Was ist passiert, Shin? Warum kommt ihr zusammen?
Hmpf
Wack
Tut mir leid, es ist etwas ...
Ich habe ihn gebeten, sich mein Auto anzuschauen.
Lins
Der Bürgermeister von New York hat uns tatkräftig unterstützt, damit wir erfolgreich dieses Casino und Hotel betreiben können, und ...
Warum verlangt er Geld von euch?
Wir haben Wetten abgeschlossen, ob du mit Jake auftauchst.
Schwupp
uhmpf
Du bist albern. Ist Shin dein exklusiver Mechaniker, oder was?
Er ist exklusiv für mich, ja.

Was hast du mit ihm vor?
Sst
Wer weiß.
Ich werde meinen Spaß haben, bis ich Langeweile bekomme.
Royal Roader wird die Einnahmen des nächsten Monats an einen Entwicklungsfonds der Stadt spenden.
Habt ihr das Auto für das Event im Casino vorbereitet?
Arsch ...
Tonk
Willst du es dir ansehen? Möchtest du unser Meisterwerk sehen?
Grins
Nicht schlecht.

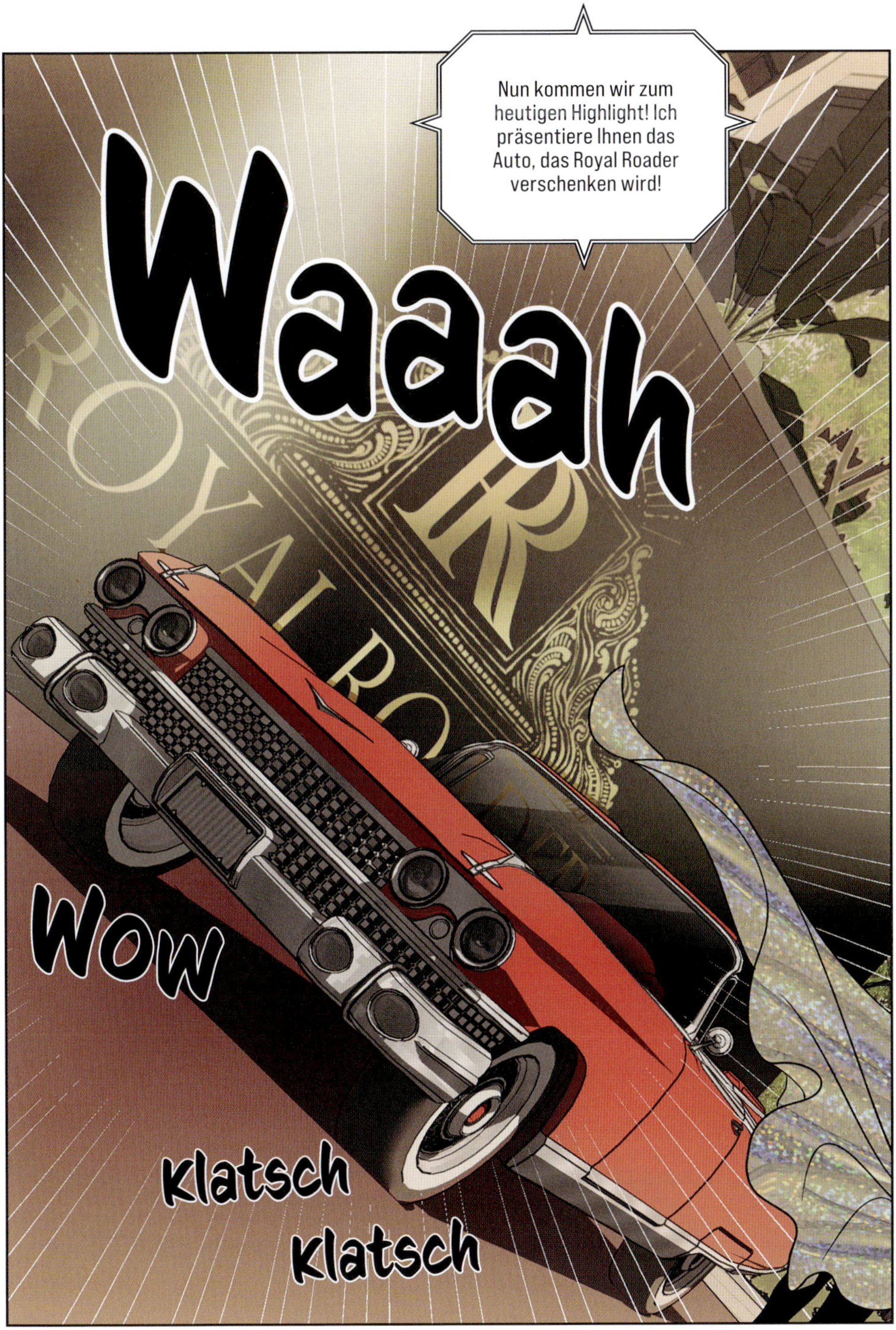

Nun kommen wir zum heutigen Highlight! Ich präsentiere Ihnen das Auto, das Royal Roader verschenken wird!
Waaaah
Wow
Klatsch
Klatsch

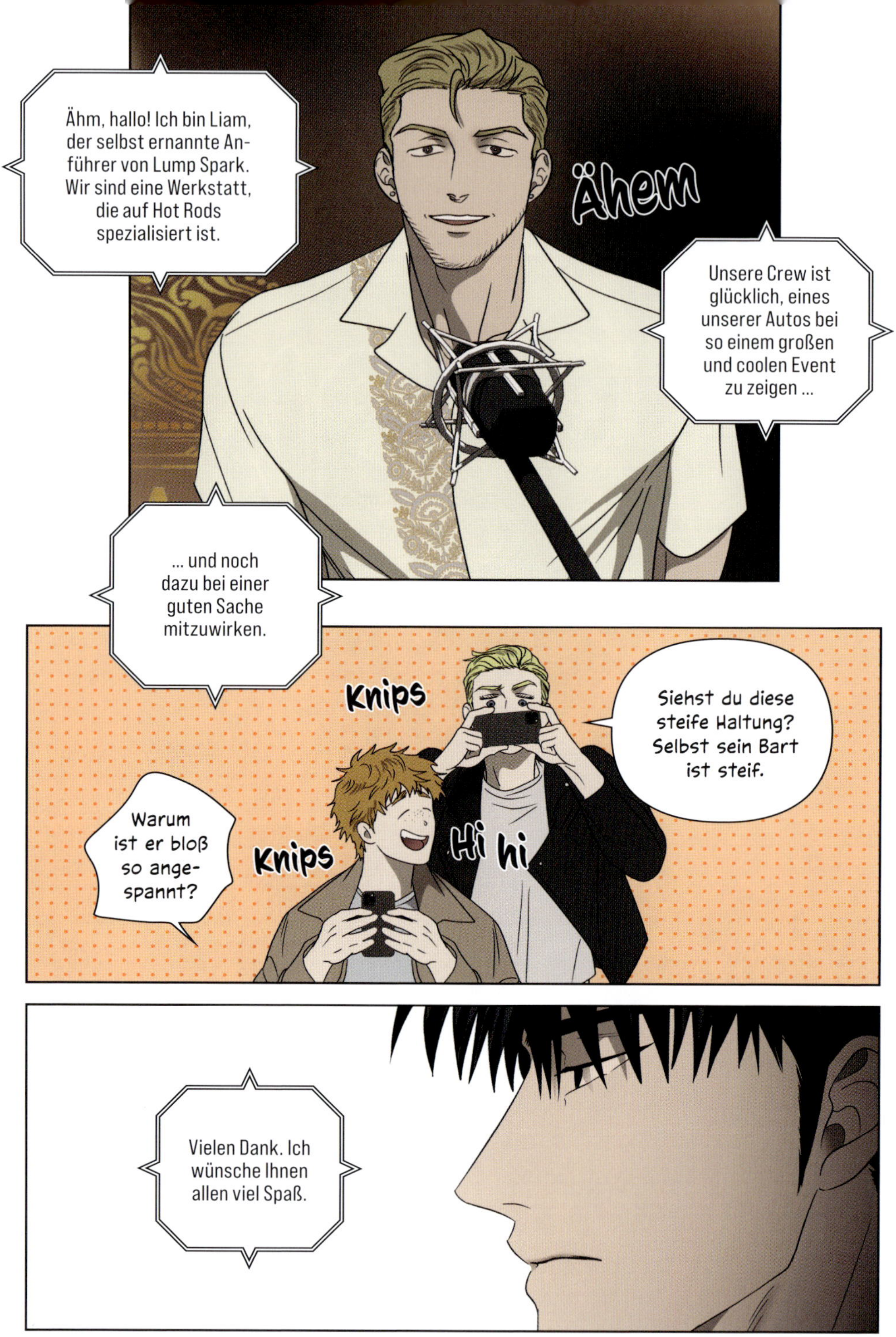
Ähm, hallo! Ich bin Liam, der selbst ernannte Anführer von Lump Spark. Wir sind eine Werkstatt, die auf Hot Rods spezialisiert ist.
Ähem
Unsere Crew ist glücklich, eines unserer Autos bei so einem großen und coolen Event zu zeigen ...
... und noch dazu bei einer guten Sache mitzuwirken.
Knips
Siehst du diese steife Haltung? Selbst sein Bart ist steif.
Warum ist er bloß so angespannt?
Knips
Hi hi
Vielen Dank. Ich wünsche Ihnen allen viel Spaß.

Shin-Geon …
… du kümmerst dich gut und sorgfältig um mein Auto.
Was soll ich mit dieser Schönheit machen?
Lass keine Flecken auf die Motorhaube kommen.
Danach fuhr er in meinem Auto davon.

Wenn ich mit ihm auf der Motorhaube Sex hätte, würde das nicht nur Flecken, sondern auch Beulen hinterlassen.
TSS

Swusch
Wow! Diese Leute stinken echt nach Geld!

Hey, hey! Habt ihr die Extraflyer für den heutigen Tag mitgebracht?
Ach, diesen Müll? Nein!!
Warum ziehen die sich so elegant an, wenn sie eh nur zocken wollen?
Aber Bukovatz ...
Lächel
Da seid ihr ja, Lump Spark!
Ihr habt bei dem Auto gute Arbeit geleistet.
Wie versprochen seid ihr heute meine besonderen Gäste. Vergnügt euch, so viel ihr wollt!
Du musst es nicht untertreiben.
Ist das ein Elefant oder ein Seehund?
Das ist mein bestes T-Shirt.
Sst
Klink

Alles kommt und geht.
Fwit
Fwit
Ssslp
Vergesst das nicht!
Scheiße! Mir wird schlecht.
Uärk
WOW
Das sind über 5000 Dollar! Warum hat er nur euch beiden Chips gegeben?
Das kann man nur schwer wieder vergessen.
So ein schmieriges Schwein sieht man nicht alle Tage.
Wupp

Egal!
Genießen wir diesen Moment!

Sst

Wow! Ich habe keine Ahnung, was das alles ist. Ich orientiere mich einfach an den Bildern.
Schlürf
Geht mir genauso.
Ich hätte nicht gedacht, dass ich jemals ein Casino betreten würde.
»Ein Mechaniker mit gewissen Vorzügen.«
Wenn ich ihm nicht begegnet wäre ...
Wenn ich immer noch auf der Straße arbeiten würde ...
... hätte ich es dann je in den VIP-Room eines Casinos geschafft?

Dachte, das wird weniger langweilig.
Gluck
Gluck
Oh, wir können gut mit Autos umgehen, aber Casinos sind etwas Neues.
Ha ha
Was?
Ich muss bald nach Hause, oder könnten Sie noch ein paar Chips locker-machen?
Nur 5000?
Nicht wahr, Shin? Du hast dich um die Verkleidung geküm-mert und ich habe das Auto lackiert.
Fwwt
Ja, das stimmt alles. Also setz dich!
Plapper
Wir ... Hm?! Wenn Sie ihm sagen, dass es um die Leute von der Autowerk-statt geht ...
Plapper
... wird Harry Wild di-rekt Bescheid wissen!
Ooh
Da Liams Gesicht eine normale Farbe hat, ist er wohl betrunken! Wo ist Buko?!

Klapper
Klink
Nur 5000 für die Leute, die solch ein exzellentes Auto gebaut haben?

Sind Sie der Sekretär des schmierigen Schweinchens?!
wrapp
Das wäre eine Schande für das Royal Roader.
Oje, offenbar hat Harry euch vor den Kopf gestoßen.
Ich finde ebenfalls, dass ein 5000-Dollar-Chip fies ist.
Als würde er Bettlern Almosen geben.
Zuck
Was sagen Sie da?
Fwwt
Lächel
Hm?

Grapp
Das Auto ist wirklich richtig cool und einzig-artig. Es gefällt mir gut.
Sst
Da ist es das Mindeste, dass wir euch einladen. Genießt es nach Herzenslust!
Bitte vergesst Harrys schlechte Manieren!

Ich bin Ross Trautwein. Nenn mich Ross!
Und du bist?
ZACK
Man nennt mich Shin.

Das ist simpel.
Sst
Wollen wir das Spiel eröffnen?
Wie viel Alkohol schütten die nur in sich rein?
Schnell! Nachschub!
Scheuch
Geh! Los!

Waah
Dieser Kerl hat heute alles Glück seines Lebens!
Plapper
Ha ha
Ich dreh heute voll auf!
Plapper

Dieser junge Kerl dort ist die große Nummer bei Royal Roader.
Der da ist Ross?
Der sieht verdammt gut aus.
Lins
Ja. Seine Familie hat angeblich eine Menge Geld.

Warum benutzt du deinen Chip nicht?
Ich habe kein Interesse am Glücksspiel.
Aber viel Interesse an Autos?
Schnipp
Danke.
Wupp
Klirr
Ist das Auto so sexy, weil sein Mechaniker sexy ist?
Sst

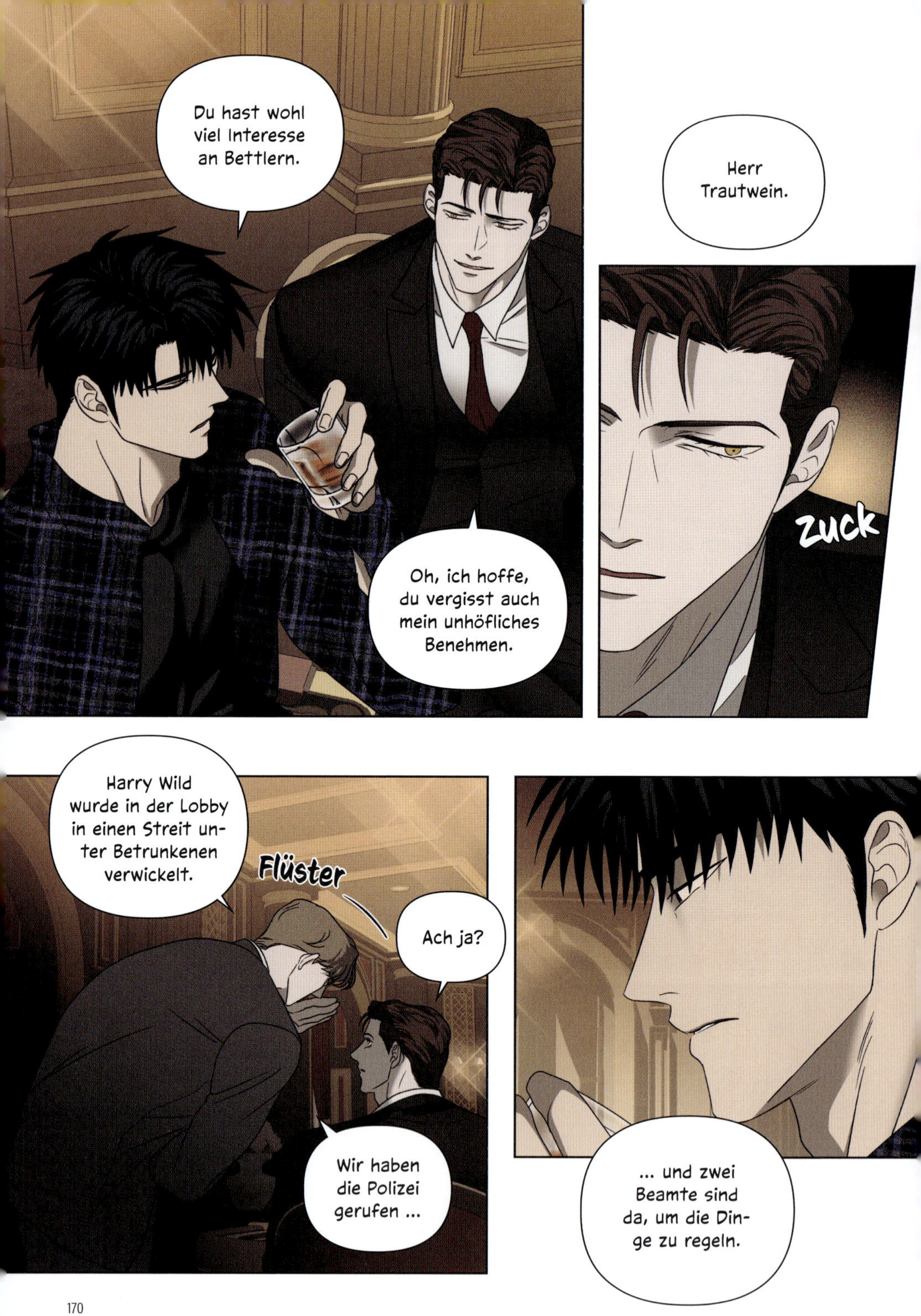
Du hast wohl viel Interesse an Bettlern.
Oh, ich hoffe, du vergisst auch mein unhöfliches Benehmen.
Herr Trautwein.
ZUCK
Harry Wild wurde in der Lobby in einen Streit unter Betrunkenen verwickelt.
Flüster
Ach ja?
Wir haben die Polizei gerufen ...
... und zwei Beamte sind da, um die Dinge zu regeln.

Was?
Grooh
Du führst dich wegen dieser Kleinigkeit so auf? Ja?
Wupp
Dann wünsche ich Ihnen einen angenehmen Abend.
Sst
Wenn dir nach Alkohol ist ...
... wollen wir dann zur Party nach oben gehen?
Kein Bedarf. Partys reicher Leute klingen langweilig.
Warst du schon mal auf einer?
Na ja.
Stehen da nicht alle aufge-takelt und steif herum?
Allein der Gedanke daran ist gruselig.

Ha ha!
Sst
Magst du Autorennen? So wie die Formel 1 oder eine Rallye?
Ich hab da ein Auto, das ich erst nach einem Jahr endlich in die Finger bekommen habe.
Ich möchte es zum Renn-wagen um-bauen.
Schlürf
Aber weil es ein wirklich seltenes Auto ist, will niemand diesen Auftrag übernehmen.

Bei einem Rennen würde das Auto zu Schrott gefahren. Warum willst du es unbedingt umbauen?
Weil Autorennen mein Hobby sind.
Lins
Es ist ein Auto, das niemand angerührt hat.
Er ist schon seit vorhin total aufdringlich.

Ich möchte es dir anvertrauen ...
... und hätte gerne Empfehlungen für Bauteile, die dazu passen. Was meinst du?
Er ist ein Arsch, aber sein Gesicht ist recht hübsch und er sieht gut aus.
Jetzt?
Wenn nicht jetzt ...
... wann könnten wir uns dann wiedersehen?
ZUCK
Soll ich eine Weile mitspielen?

Wow!! Das gehört alles mir!
Sst
Liam.
Er möchte uns gerne ein Auto anvertrauen.
Lächel
Nick
Wollen wir alle zusammen nach oben gehen und uns beratschlagen?
Was?! Ich hab hier gerade eine Glückssträhne!
Ich kann hören, wie das Geld reinrollt!
Bamm
Diese Chance kann ich mir nicht entgehen lassen!

Grp
Geh du, Shin, und schließ diesen Handel ab!
So ziehen wir uns beide einen Gewinn an Land! Wir schaffen das!

Liam wird erst aufhören, wenn all seine Chips aufgebracht sind.
Auch wenn er einige Male gewinnt ...

Plapper
Plapper
... wird am Ende nur der Casinobesitzer gewinnen.
Fwupp

Oh?
Srrt
Jake?
Tapp
Grapp
Wo willst du hin? Hier lang!

Selbst wenn er es war …
…
Gnn
Was würde es bringen, nach ihm zu rufen?
Fwiiih
Fwit
Wumm
Klank
Tapp

Klick
Klick
Klank

Whiiirr
Klack

DATA COPY 78%

Klack
Klapper
Zzz
Tapp
Zamm
Zuck
Sst
STATIO
CODE NO 34784

Tipp
Tipp
Ha!
Damit hatte ich nicht gerechnet.

ShutLine

Wumm

Swp

Mhm
...
Sst
Tschlipp
Schlp

Grapp
Schlp
Sst
Smtz
Mhm
Hah
Zack
Deine Lippen sind rau, aber deine Haut ist ganz weich.

Zum Anbeißen.
Slp
Hrapp
Ah!
Hah
Lass uns noch etwas mehr Spaß haben!
Swusch
Komm mit!
Klack
Wumm
Wumm

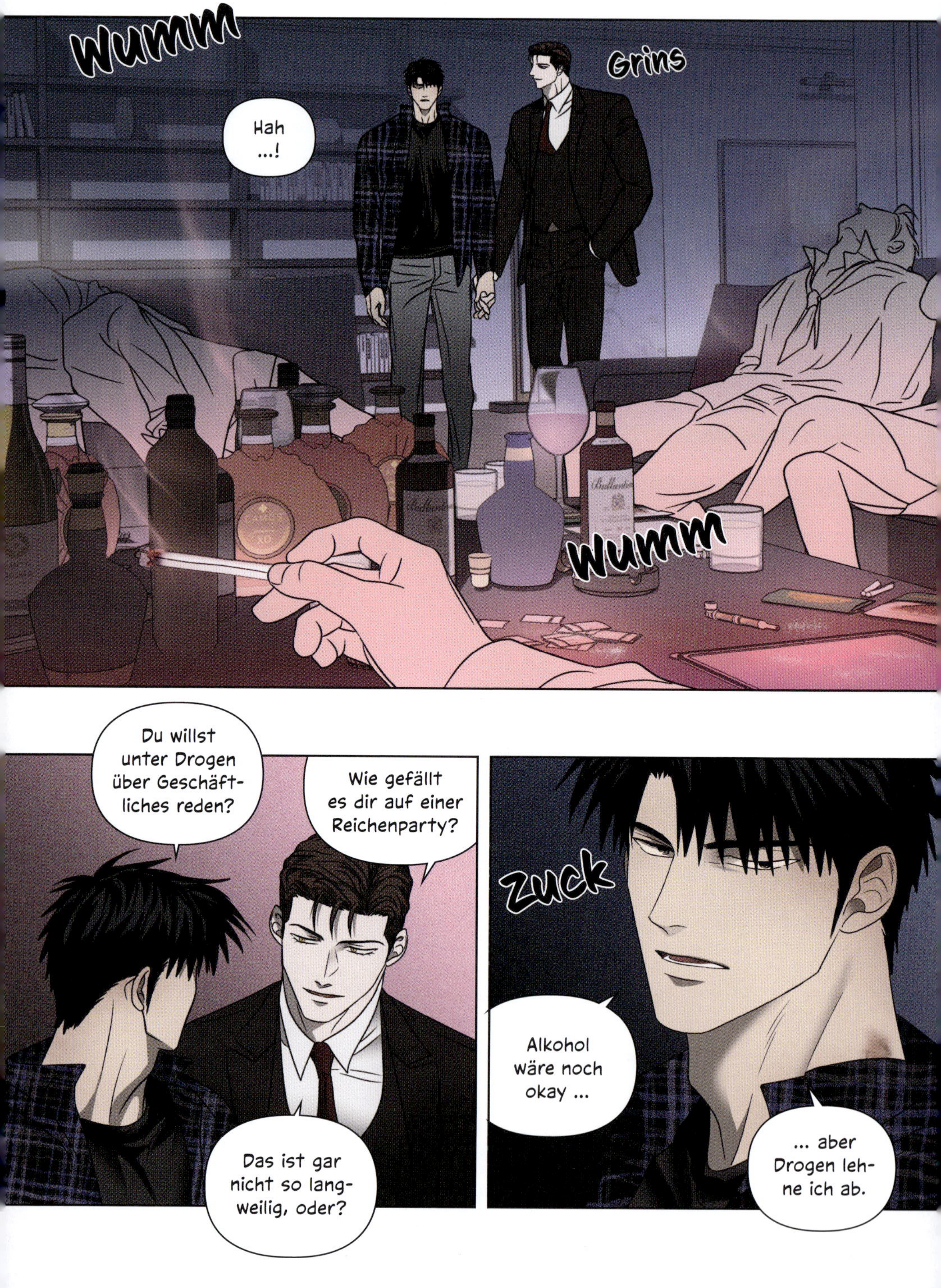
Wumm
Grins
Hah ...!
Wumm
Du willst unter Drogen über Geschäftliches reden?
Wie gefällt es dir auf einer Reichenparty?
Das ist gar nicht so langweilig, oder?
Zuck
Alkohol wäre noch okay ...
... aber Drogen lehne ich ab.

Das ist hochwertiger Stoff, der später keine Probleme machen wird. Schau!
Wupp
Murmel Murmel
Urgh
Alle Leute hier amüsieren sich köstlich.
Sie sind ganz in ihrer eigenen Welt und kümmern sich nicht darum, wer zuschaut.
Der spezielle, beißende Geruch nach Marihuana reizt meine Nase.
Fsssh
Badumm
Sie träumen davon, dass sie all die Dinge, die sie schon immer haben wollten, besitzen und zerstören.
Allein der Anblick dieses weißen Pulvers lässt meinen Kopf schmerzen.
Badumm

Sie sind ganz betrunken von ihren ekstatischen Träumen.
Meine aufkommende Lust auf Sex ist in nur einem Augenblick erloschen.
Hah ...

Ich glaube, ich steh nicht so darauf, einen Junkie zu ficken.
Grooh

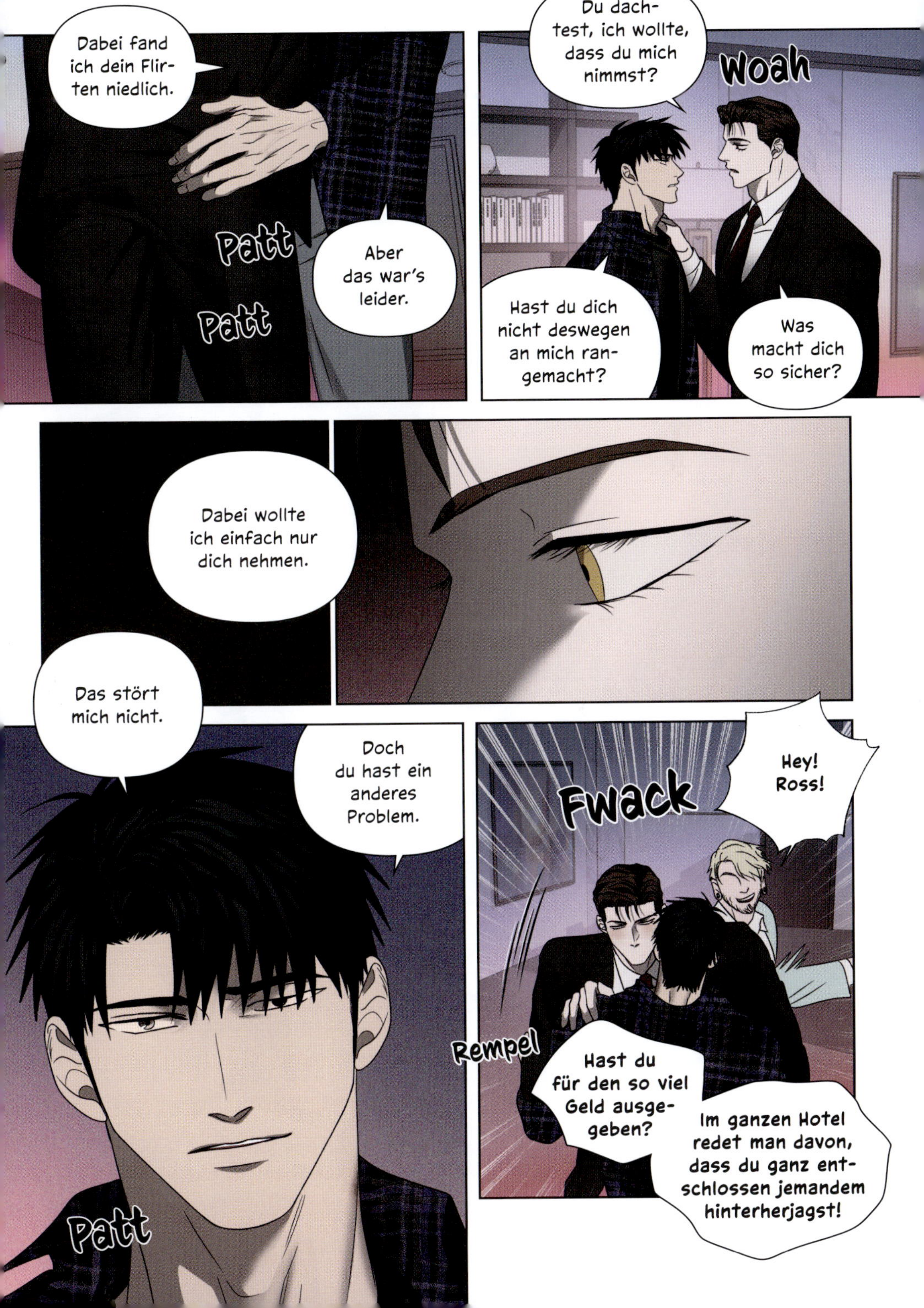
Dabei fand ich dein Flirten niedlich.
Patt
Patt
Aber das war's leider.
Du dachtest, ich wollte, dass du mich nimmst?
Woah
Hast du dich nicht deswegen an mich rangemacht?
Was macht dich so sicher?
Dabei wollte ich einfach nur dich nehmen.
Das stört mich nicht.
Doch du hast ein anderes Problem.
Patt
Fwack
Hey! Ross!
Rempel
Hast du für den so viel Geld ausgegeben?
Im ganzen Hotel redet man davon, dass du ganz entschlossen jemandem hinterherjagst!

Krrrk
Heute stört echt ständig jemand. Scheiße!
Drogendealer benehmen sich alle so.
Wenn man nur etwas nachsichtig ist, führen sie sich direkt großkotzig auf.
Gib mir auch so einen Chip! Ja?!
Zupp
Wie lange kennen wir uns schon, hm?
Wenn ich so einen verschleppe und töte, bliebe das sicher unbemerkt.
Zuck
Arbeitest du auch für Ross? Von welcher Organisation bist du?
Oder ...
Überall stolpert man über Junkies.
... bist du einfach nur ein Callboy? Wie viel nimmst du?
Hä hä
Raschel
Du bist bestimmt teuer, wenn Ross ...

Bamm
Ich fasse es nicht, dass er Fremde wie Dreck behandelt.
Tss
Der hat den Verstand verloren.
Das war härter, als ich wollte.
Wamm
Shin?
Shin ... Hast du mich gerade gerettet?
Patt
Die Situation war lediglich nervig.

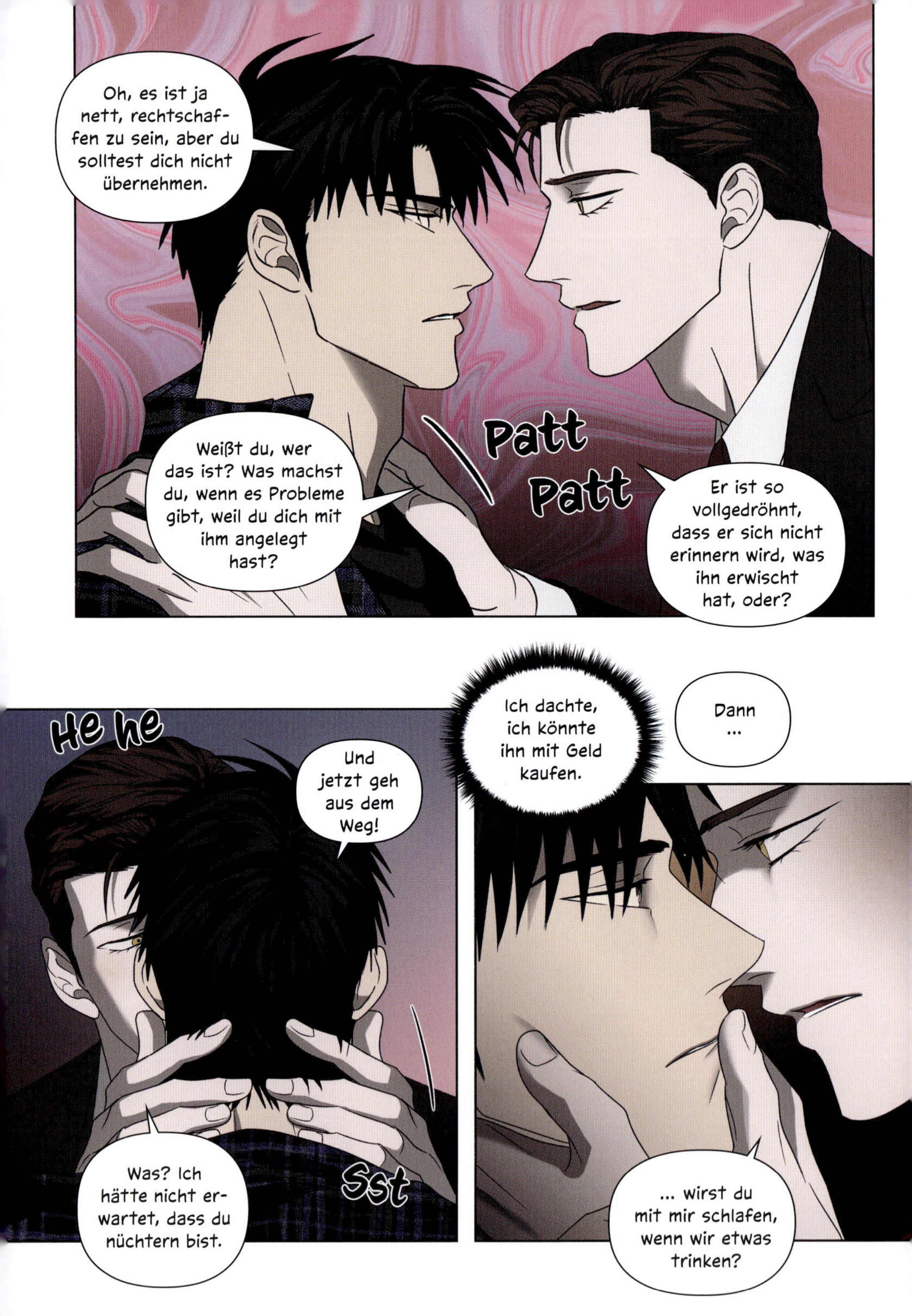
Oh, es ist ja nett, rechtschaffen zu sein, aber du solltest dich nicht übernehmen.
Weißt du, wer das ist? Was machst du, wenn es Probleme gibt, weil du dich mit ihm angelegt hast?
Patt Patt
Er ist so vollgedröhnt, dass er sich nicht erinnern wird, was ihn erwischt hat, oder?
He he
Und jetzt geh aus dem Weg!
Was? Ich hätte nicht erwartet, dass du nüchtern bist.
Sst
Ich dachte, ich könnte ihn mit Geld kaufen.
Dann ...
... wirst du mit mir schlafen, wenn wir etwas trinken?

Klack
Entschuldigen Sie, Herr Trautwein!
Die Polizei ist hier.
Warum liegt dieser Nichtsnutz schon wieder auf dem Boden?
Küss
Gib ihnen Geld und schick sie weg!
Sst
Ähm …
Könnte ich Sie kurz um Ihre Kooperation bitten?
Diese Stimme …
Sst
Es gab eine Vermisstenmeldung. Ich denke jedoch, ich habe die Person gerade gefunden.
…!
Um was geht es?
Haaah
Mist. Heute läuft aber auch alles schief.
Jake?

...
Herr Shin-Geon Moon?
Ja.
Was soll dieses lächerliche Outfit?
Folgen Sie mir!

Fwit
Einen Moment!
Sst
Seine Leute befinden sich im VIP-Raum.
ugh
Wer bitte hat ihn vermisst ge-meldet?

Was?
Das geht Sie nichts an.
Zuck
Gehen wir!
Was ist?
Starr

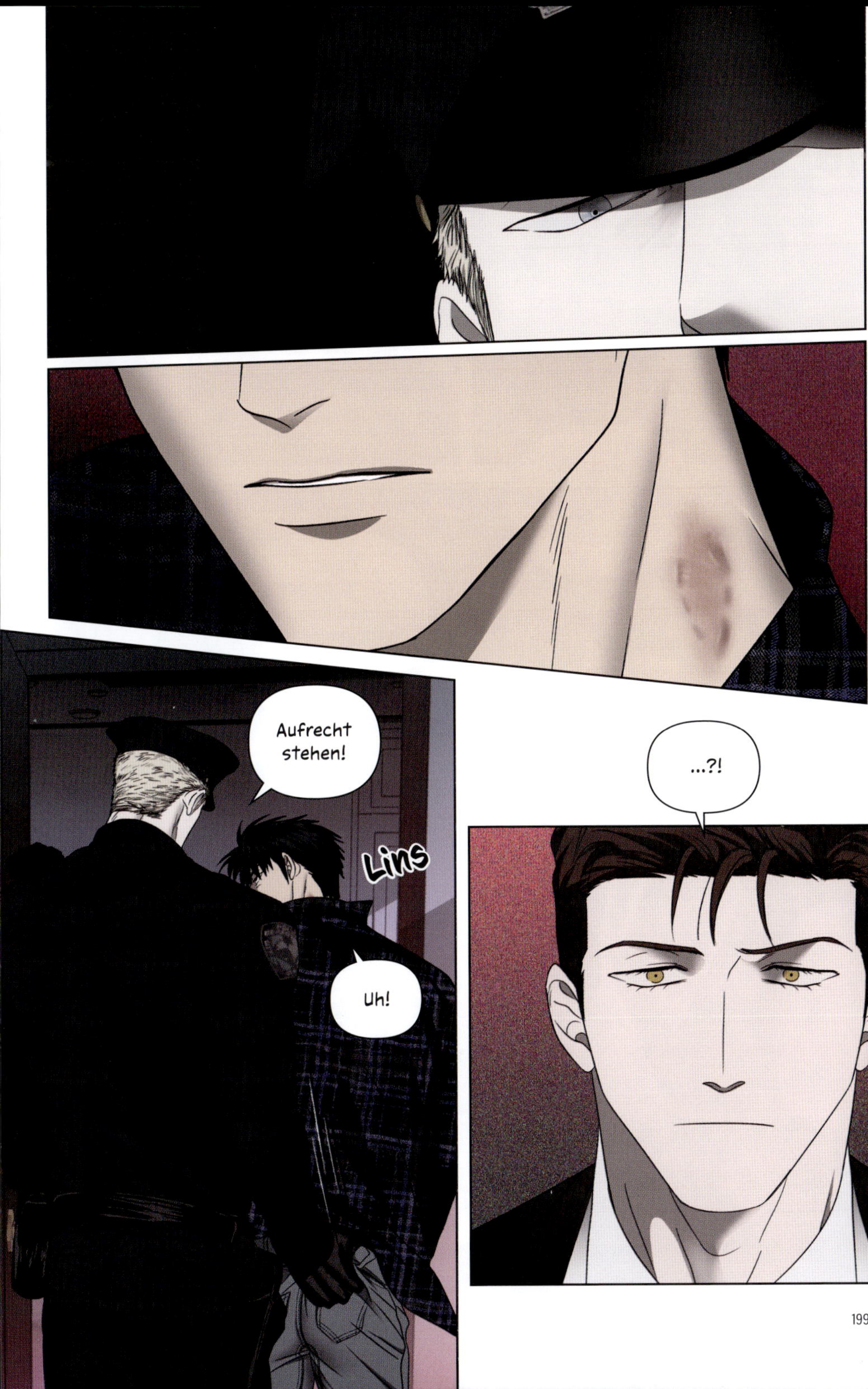
Aufrecht stehen!
Lins
Uh!
...?!

Wamm
Ha! So ein Scheiß ist mir noch nie passiert.
Fwapp
ugh
Wummer
Das war komisch ...
Er geht, obwohl hier so offen Drogen rumliegen?
Ross, wie gut hast du die Bullen bestochen, dass das klappt?
Dem Polizisten würde ich gern Geld in seine Hose stecken.
Fwipp
Fwipp
Seid still und bringt mir etwas Stoff!

Finde heraus, bei welcher Wache dieser Polizist ist!
Sst
Verstanden.
Hier!
Oh, und bring Details zu allen Angestellten der Werkstatt in Erfahrung!
Ich habe seit Langem mal wieder etwas Interessantes gefunden.

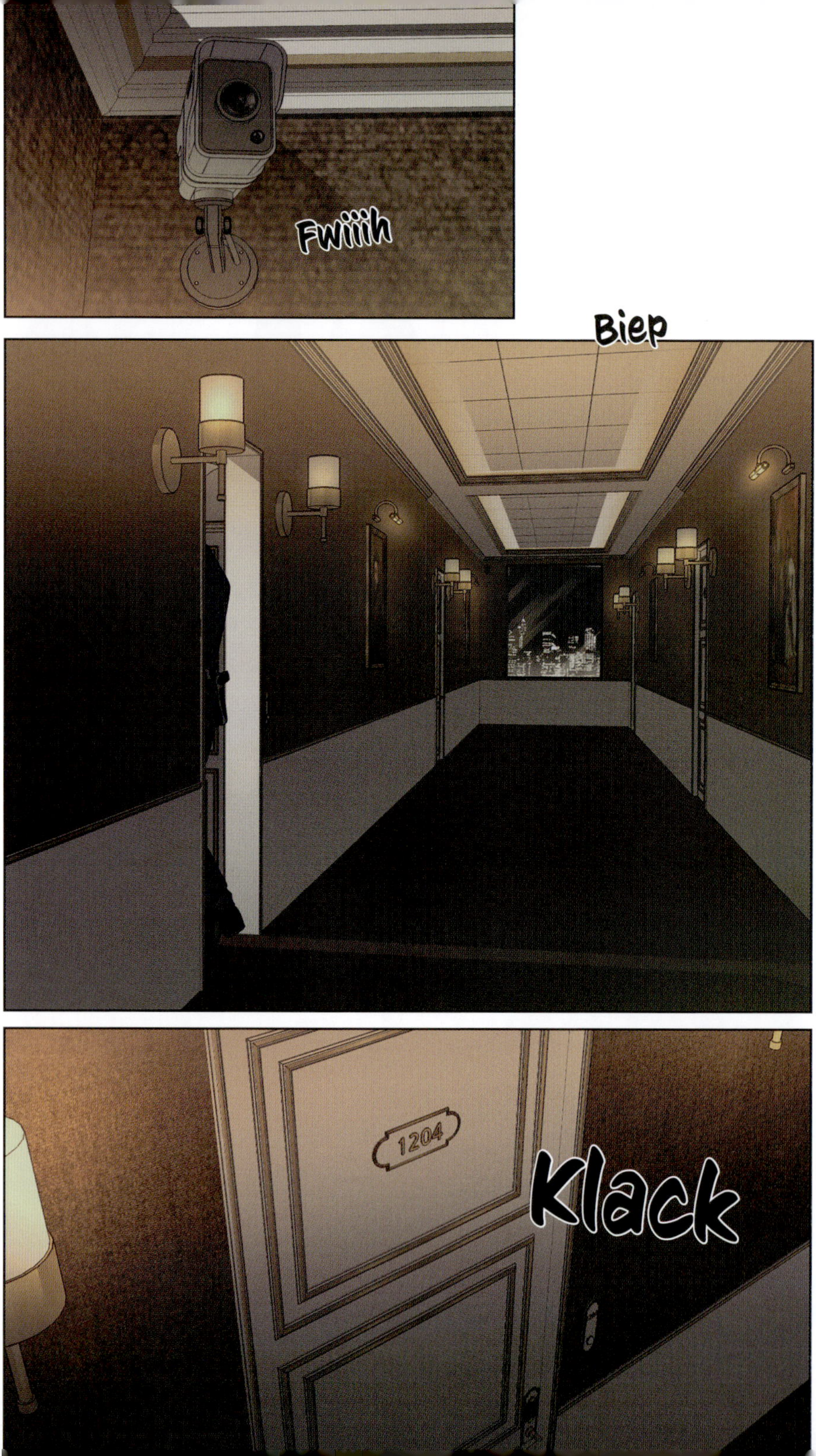
Fwiiih
Biep
1204
Klack

Liegt es daran, dass ich eine Uniform trage?
Seit dem Moment, als ich dich hier gesehen habe.
Wumm
Ich will dich hart ran-nehmen.
Sst
Möchtest du echt ein Rollenspiel als Polizist?
Die Uniform steht dir.
Sst
Ja, du wirkst wie ein korrup-ter Bulle.

Wenn ein Polizist wie du mich fangen würde, würde ich ihn mehrmals mit mir herumtollen lassen.
Ha ha
Patt Patt

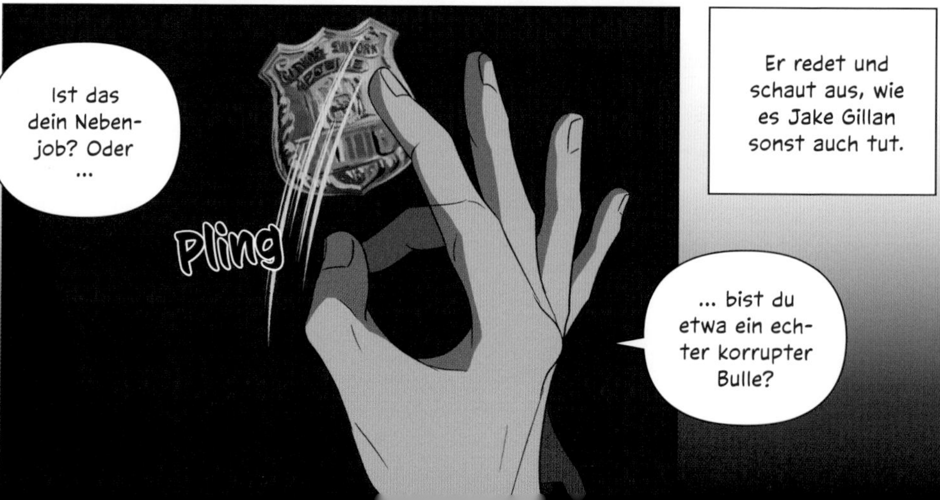
Er redet und schaut aus, wie es Jake Gillan sonst auch tut.
Ist das dein Nebenjob? Oder ...
Pling
... bist du etwa ein echter korrupter Bulle?

Aber irgendetwas an ihm macht mich miss-trauisch.
Du hast also viel Fantasie, wenn du ange-trunken bist.
Fwoosch
Wumm
Ugh!
Hast du in diesem Zimmer auch heimlich Drogen er-halten?
Fssst
Gute Ausrede, um vom Thema abzulenken.

Ihr behandelt alle wie Junkies, nur weil ihr Drogen verkauft.
Grapp
Bist du einen neuen Handel eingegangen?
Sst
Schnappst du dir jeden, der mit Geld herumwedelt?
Hi hi
Ein neuer Handel? Ich bin nur dein spezieller Mechaniker oder so.
Bist du etwa eifersüchtig?
Zamm
Ugh!
Grapp
Ich fühle wieder diese überwältigende Stimmung, die mir bei unserer ersten Begegnung den Magen umgedreht hat.

Willst du mich verarschen?
Ich hab doch gesagt, du sollst auf deinen Hintern aufpassen.

Was soll das?! Lass mich los!
Fwupp
Er bewegt sich keinen Zentimeter? Wie stark ist dieser Kerl?!
Du meintest, du willst mit einem Polizisten herumtollen.
Fwomp
Ugh!
Du musst dafür bestraft werden, dass du Befehle missachtet hast.

Klonk
Sst
Jetzt bist du also nicht nur ein Betrüger, sondern auch ein Dieb.
Reicht es dir nicht, an Autos herumzutrick-sen?
Groooh
Brauchst du so dringend Geld?
Fwupp
Halt dein Maul!
Du lässt mich eine Arbeit ver-richten, die ich nie machen wollte ...
... und kommst, um mich zu retten, obwohl ich nie um Hilfe gebeten habe.

Du drängst mir das alles auf. Schieb dafür nicht die Schuld auf mich!
Ich habe dich nie um das alles gebeten.
Schließlich sind das Dinge, die du wolltest.
Fling
Wenigstens weißt du, dass ich dir Dinge aufdränge.

Scheiße
...
Mach sie ausreichend feucht, wenn du kein Blut sehen möchtest!
Tss
Grapp
Fwock
Hngh!!
Pfatsch
Dripp
Dripp
Natürlich wollte ich ein sicheres Leben führen.
Schlp
Ich habe jegliche Gelegenheit ergriffen, die sich mir bot.
Swt
Urk!

Srrrt
Starr
Uuhm!
Wusch
Wramm
Aah!
Fuck!
Schüttel
Tschupp
Zotsch
Zotsch
Uh!
Weißt du was?
Du bist gerade total kindisch.
Hah

Sst
Du benimmst dich, als würde ich dir tatsächlich etwas bedeuten.
Sind wir nicht nur »Geschäfts-partner«?
Hah
Es ist eine meiner Regeln, dass du keinen anderen ranlas-sen sollst.
Srrrt
Lins

Ich weiß, dass du in mir nur den zwielichtigen Kerl siehst, der Drogen verkauft ...
Huh
Fwatsch
... aber es verdirbt mir die Laune, wenn meine Aufrichtigkeit miss-achtet wird.

Wramm
Grapp
Aaah!
Uugh!
Hah
Pfsch
Du bist eng.
Aah ...!
Gnn
Zitter
Ugh ...!
Fwump
Dass er dieses unmenschliche Ding auf einmal reinsteckt! Durchgeknallter Mistkerl!
Zotsch
Hah
Hah
Lassen Kleider jemanden anders erscheinen?
Du schaust mich gerade anders an als sonst.

Zotsch
Wie schau ich denn, verdammt?!
Huh
Zitter
Wie ein Hund, der brav auf mich hören würde.
Grapp
Bist du erleichtert ...
... wenn ich nicht wie ein Merciful aussehe?

Wenn du mich so anstarrst ...
... habe ich das Gefühl, dass ich dich schon wieder angepisst habe.
Fwock
Tu einfach so, als hättest du heute Abend mit einem Polizisten Sex ...
Aah!
Sst
... und lass dich mehrmals von hinten nehmen!
Ugh!
Hah
Schaust du so, weil es schrecklich wehtut?
Hah
Swt
Zuck
Klank
Mhm
Tschick
Zuck
Tschupp
Ugh!
Fwock
Das tut verdammt weh.
Gnn

Huh
...
Grins
Smtz
Halt durch! Mit der Zeit wird es sich gut anfühlen.
Grapp
Slipp
Mhm
Ugh
Hng
Quiee
Ich werde dich wie beim letzten Mal anständig weit machen.
Dripp

Hah
Schlp
Zotsch
Sllp
Aaah!
Schlp
Smtz
Wramm
Uuh!
Hah
Krik

Zotsch
Ugh!!
Schlp
Dieser Psychopath dreht völlig durch, wenn ihm etwas nicht passt.
Schlp
Hah!
Fump
Zitter
Er benutzt Menschen wie Werkzeuge. Ich weiß nie, was in ihm vorgeht.
Fuck!
Mhm ...
Dripp
Dripp

Zotsch
Fühlst du es?
Uugh!
Fump
Swt
Aah ...!
Slitsch
Hah
Hah
So ein Kerl bist du.
Fwoosch
Aaah!
Hah!
Splisch
Pfitsch
Uuh ...
Dripp

Tschupp
Dripp
Dripp
Hah
Du magst es wohl noch mehr, wenn es wehtut.
Hah
Grins
Gnn
Hah
Hah
Er ist gefährlich ...
Srrt
Verdammt.

Fwupp

Die Mischung aus
Blut und Sperma gibt
dem Sex einen verdor-
benen Beigeschmack.
Schlp
Hah
...
Schlp
Aber anstatt es ab-
stoßend zu finden ...
Mhm
Zuck
Smtz

Schlp
... kann ich nicht aufhören, ihn anzuknabbern. Ich will in seine tiefrote Zunge beißen.
Klink
Küss
Sst
Flapp
Hah
Lass dieses Outfit an!
Sst

Flomp
So habe ich das Gefühl, mit einem Polizisten Sex zu haben.
Also bist du darauf vorbereitet, die ganze Nacht die Beine breit zu machen.
Pfft
Sst
Das sollte ich, wenn hier so ein typischer Polizist wie aus einem Porno liegt.
Fwock
Du hast den Schmerz gerade so genossen. Hast du trotzdem noch Kraft in deinen Hüften?
Uh ...
Dripp
Pfitsch
Hast du es so nötig?
Pfitsch

Hah
Haah!
Nur zu! Ich stelle mich zur Verfügung.
Machst du jetzt Witze?
Hah
Das letzte Mal hast du dich ganz von selbst an meiner Hand gerieben. Erinnerst du dich nicht?
Lag das auch nur an der Droge?
Dieser Arsch.
Glaubst du, ich tu's nicht?

Ich will, dass er diesen entspannten Gesichtsausdruck verliert.
Mhm!
Wusch
Tschick
Hah ... Halt ihn fester!
Tschick
Fwapp
Zuck
Grapp
Klank
Außer du willst, dass ich dich erschieße.

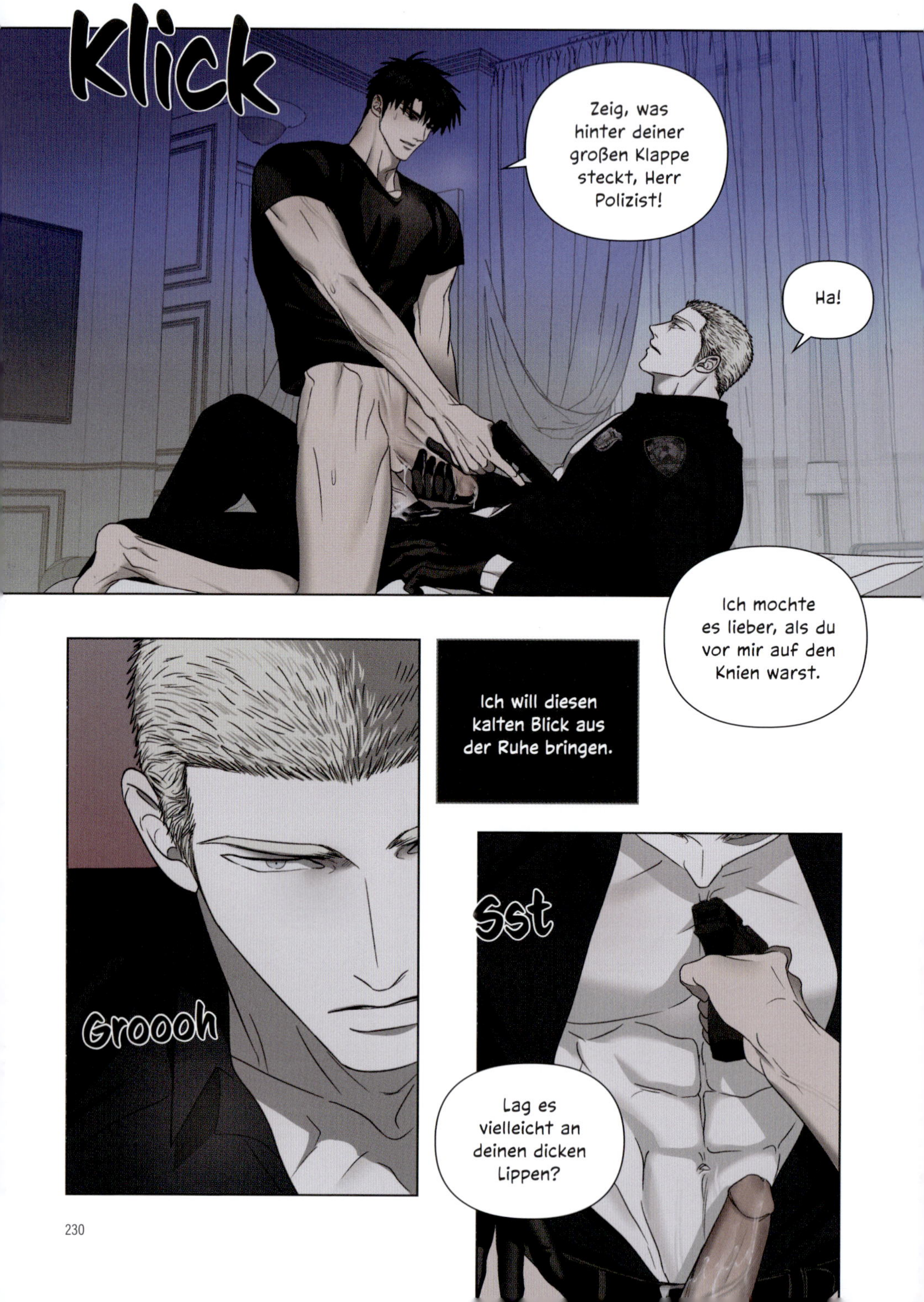
Klick
Zeig, was hinter deiner großen Klappe steckt, Herr Polizist!
Ha!
Ich mochte es lieber, als du vor mir auf den Knien warst.
Ich will diesen kalten Blick aus der Ruhe bringen.
Groooh
Sst
Lag es vielleicht an deinen dicken Lippen?

Klick
Mit geschlossenen Augen fühlte es sich so an ...
... als würde mein Schwanz von einem kleinen Hintern abgelutscht.
Gnn
Wie wäre es also, wenn du mir einen bläst?
Hah
Grapp
Du meintest, dass ich dich benutzen könnte, bis ich mich daran gewöhne.
Kann ich dich dann nicht fürs Bett benutzen?

Diese Pistole hat keinen Sicherheitsbolzen, sondern schießt direkt, wenn man abdrückt.
Hah
Swit
Wenn es das ist, was du willst, könntest du mich jetzt sofort erschießen.
Ah!
Idiot! Sag mir das früher, anstatt gleichgültig daran zu lecken!
Wusch
Ich lasse dich mich gerade benutzen.
Was?
Bei der Pistole, die ich dir gegeben habe, ist es genauso.
Schau mich an und ich zeige dir, wie es geht!

Grins
Dafür, dass du keine eigene Pistole besitzt, hältst du sie richtig gut.
So wird dein Gesicht vermutlich nicht von der herausfliegenden Patronenhülse zerkratzt.
Ja, umschließe sie fest mit deinen Fingern.
Klack
Du musst nur zwei Dinge beachten, wenn du eine Pistole richtig benutzen willst.
Hier, in die Mitte der Stirn ...
Sst

Gnng
...
oder aufs
Herz musst
du zielen.
Schluck
Grapp
Es ist
natürlich noch
besser, wenn
du mehrmals
schießt.
Sst
Wramm
Aaah!
Gnn
Klick
Zumindest
wenn du nicht
zur Beute wer-
den willst
...

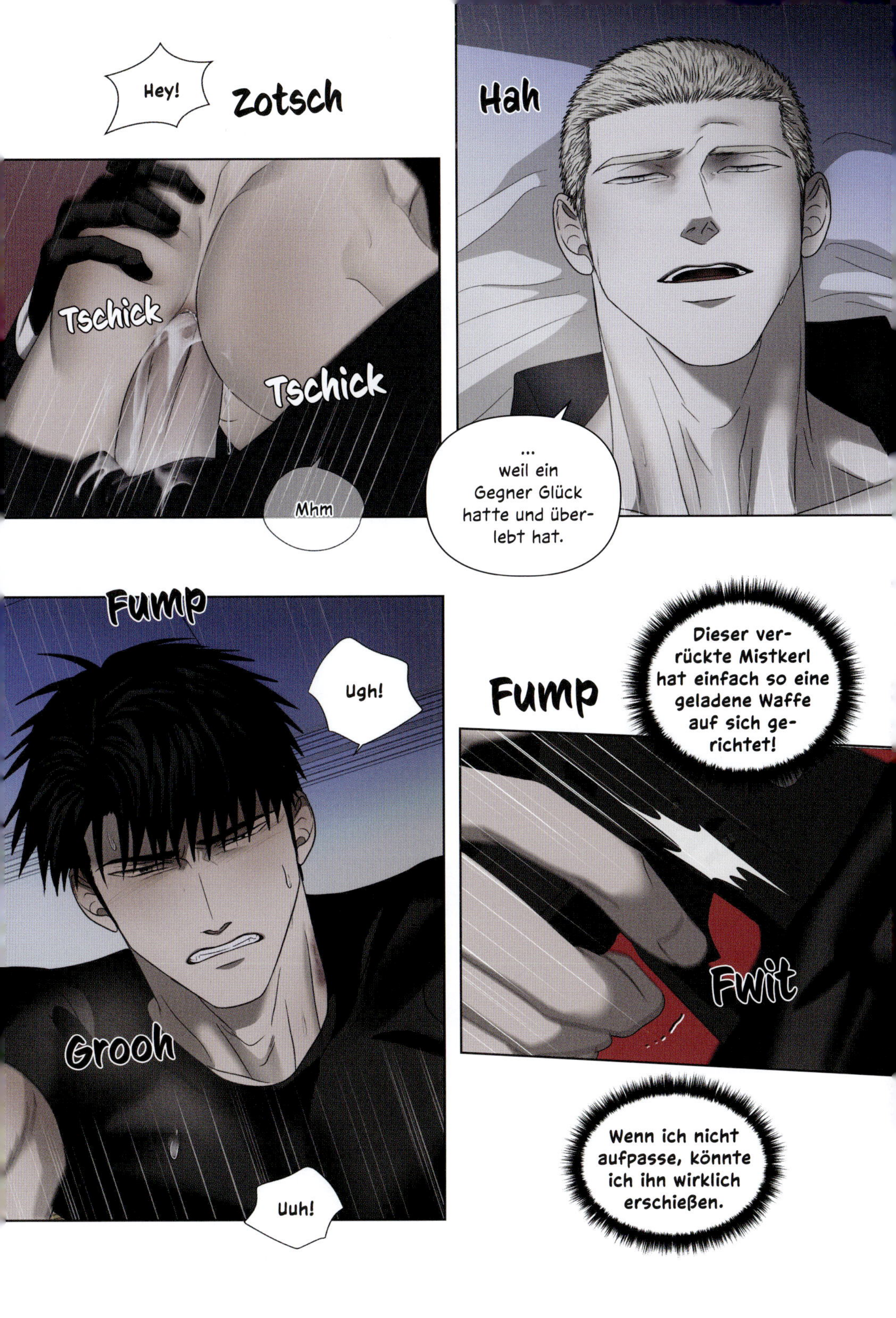
Hey!
Zotsch
Tschick
Tschick
Mhm
Hah
… weil ein Gegner Glück hatte und überlebt hat.
Fump
Ugh!
Grooh
Uuh!
Fump
Dieser verrückte Mistkerl hat einfach so eine geladene Waffe auf sich gerichtet!
Fwit
Wenn ich nicht aufpasse, könnte ich ihn wirklich erschießen.

Grins
Fwump
Hah
Schwupp
Hah
Ich weiß, wovor du Angst hast.
Sst
Genieß einfach, was ich dir gebe! Im Austausch dafür ...
... lässt du deine Augen nicht wandern!

Wenn du es weißt, warum gehst du dann so weit?
Hah
Hah
Lass uns einfach sagen, dass ich bisher nicht wusste, wie viel Spaß es macht ...
Tja ...
Zuck
Ah!
... wenn mein Schwanz in einen kleinen Arsch hineingezogen wird, ja?

Hah
Hah

Hah
Hah
Zotsch
Gnng
Aah!!
Wramm
Aah!
Hah!
Uuugh ...!
Zotsch
Hah!
Nicht so tief!
Wock
Moment, warte!

Kannst du spüren ...
Hah
Sst
... wie tief ich in dir stecke?
Hah!
Sst
Es fühlt sich an, als hätte sich mein Inneres an seinen dicken und langen Schwanz angepasst.
Patt
Patt
Jedes Mal, wenn ich in dich eindringe, geht es bis etwa hierhin.
Scheiße ...
Hah
Hah
Er rammt ihn mir rein und bringt alles in meinem Bauch durcheinander.

Weißt du jetzt, wie gut ich deinen Körper kenne?
Grapp
Swt
Zotsch
Aah!!
Fwock
Das ist ungewohnt.
Ah ...

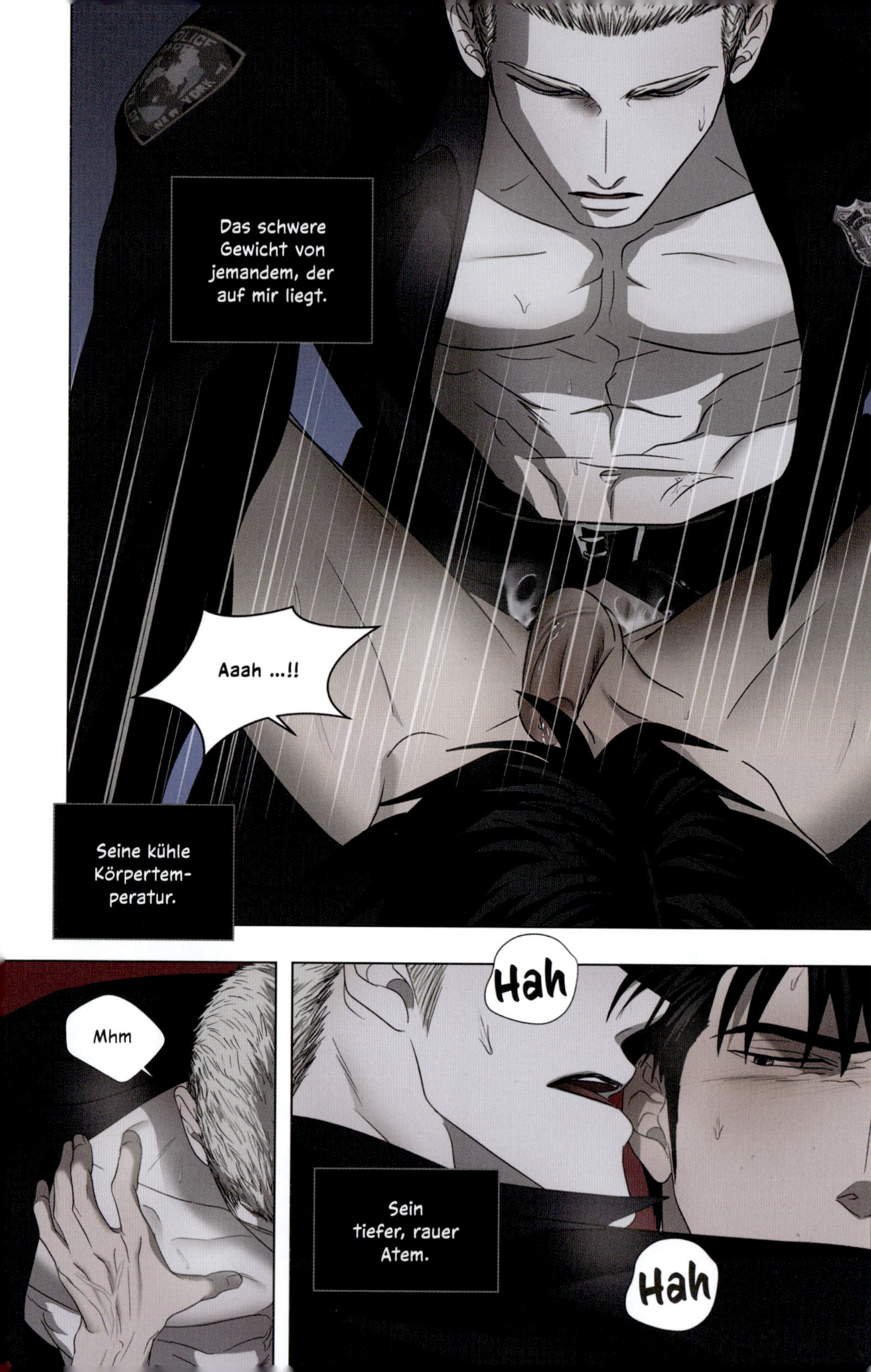
Das schwere Gewicht von jemandem, der auf mir liegt.
Aaah ...!!
Seine kühle Körpertemperatur.
Mhm
Hah
Sein tiefer, rauer Atem.
Hah

Ah ...
Sst
Seine ausdauern-den Bewegungen, die unsere Körper vereinen.
Zotsch
Aah!!
Dripp
Fwock
Diese Empfindung hatte ich beim Sex mit anderen noch nie. Das jagt mir einen fast brennenden Schauer über den Rücken.
Mhm
Fwock
Hah ...

Dieser Druck, den ich noch nie zuvor gespürt habe, fühlt sich an, als würde ich jeden Moment platzen.
Hah
Sst
Hah!
Aah!!
Slp
Schlp
Schlp

Schlp
Küss
Hah
Hrapp
Uuh
Saug weiter an meinem Ohr! Ich komme gleich.
Wramm
Mhm!
Gnng

Hah
Hah!
Jay
...!
Zotsch
Gnn
Zotsch
Ah!!
Hah
...!!
Hah
Fwump
Hah
Hah
Raschel

Von all den Menschen, die ich kenne ...
Sllp
... bist du der mit Abstand wag-halsigste Kerl.
Niemand in meinem Umfeld ist so arrogant wie du.
Ha ... Dann ...
Sst
... lutsch an meiner Zunge, als würdest du meinen Schwanz lutschen!

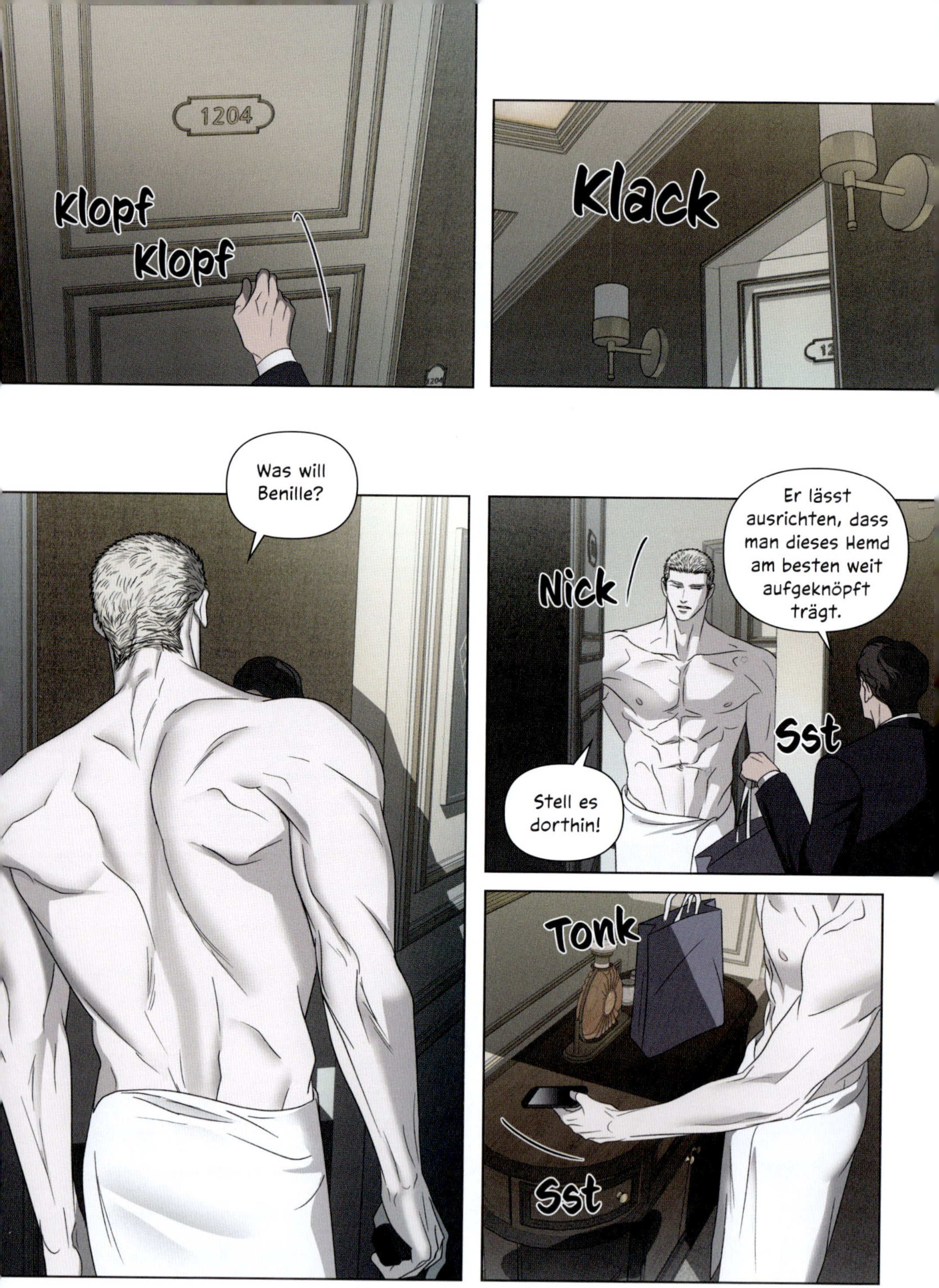
1204
Klopf
Klopf
Klack
Was will Benille?
Nick
Er lässt ausrichten, dass man dieses Hemd am besten weit aufgeknöpft trägt.
Sst
Stell es dorthin!
Tonk
Sst

Ich bin es.
Spinnst du, dass du immer noch im Royal Roader bist?

Unser Hacker hat sich um die Aufnahmen der Überwachungskamera gekümmert.
Es gibt keine Beweise, aber ich bin Ross Trautwein begegnet, also bleiben Indizien.
Bereitet unsere korrupten Bullen für den Fall der Fälle vor!
Warum ändert jemand wie du plötzlich seine Pläne?

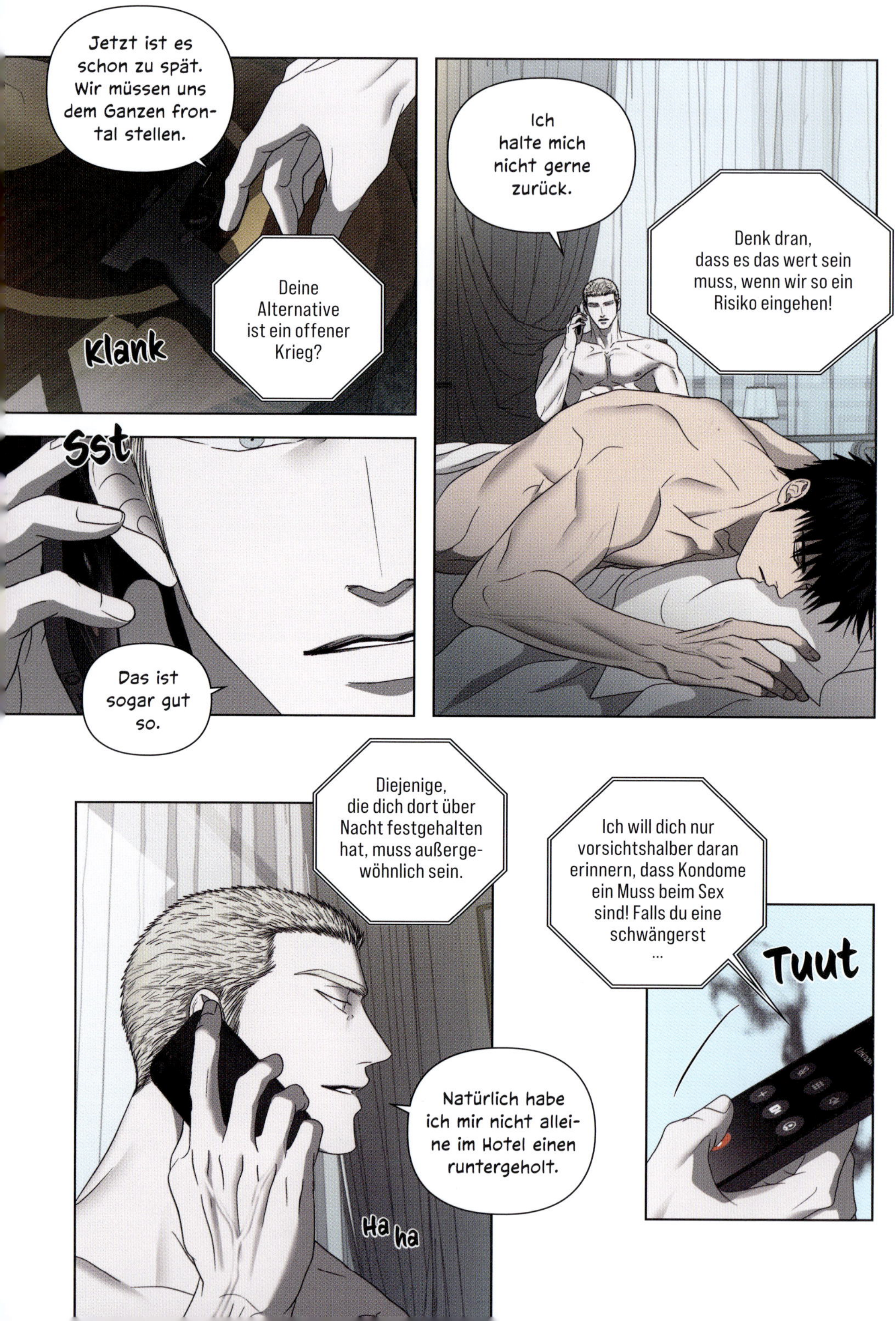
Jetzt ist es schon zu spät. Wir müssen uns dem Ganzen frontal stellen.
Deine Alternative ist ein offener Krieg?
Klank
Ich halte mich nicht gerne zurück.
Denk dran, dass es das wert sein muss, wenn wir so ein Risiko eingehen!
Sst
Das ist sogar gut so.
Diejenige, die dich dort über Nacht festgehalten hat, muss außergewöhnlich sein.
Natürlich habe ich mir nicht alleine im Hotel einen runtergeholt.
Ha ha
Ich will dich nur vorsichtshalber daran erinnern, dass Kondome ein Muss beim Sex sind! Falls du eine schwängerst …
Tuut

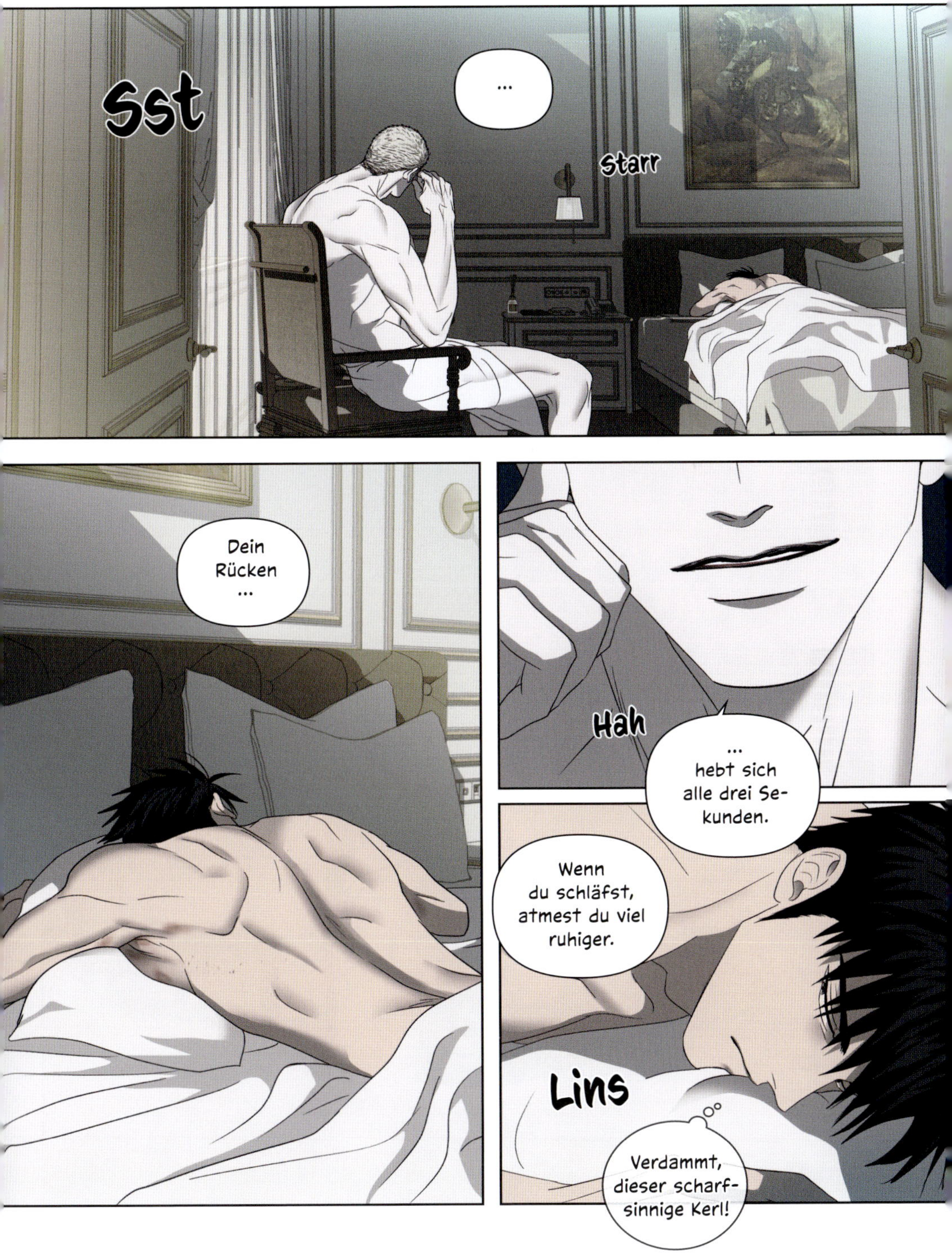
Sst
...
Starr
Dein Rücken ...
Hah
... hebt sich alle drei Sekunden.
Wenn du schläfst, atmest du viel ruhiger.
Lins
Verdammt, dieser scharfsinnige Kerl!

Hast du mich gern belauscht?

Fortsetzung folgt in Band 3

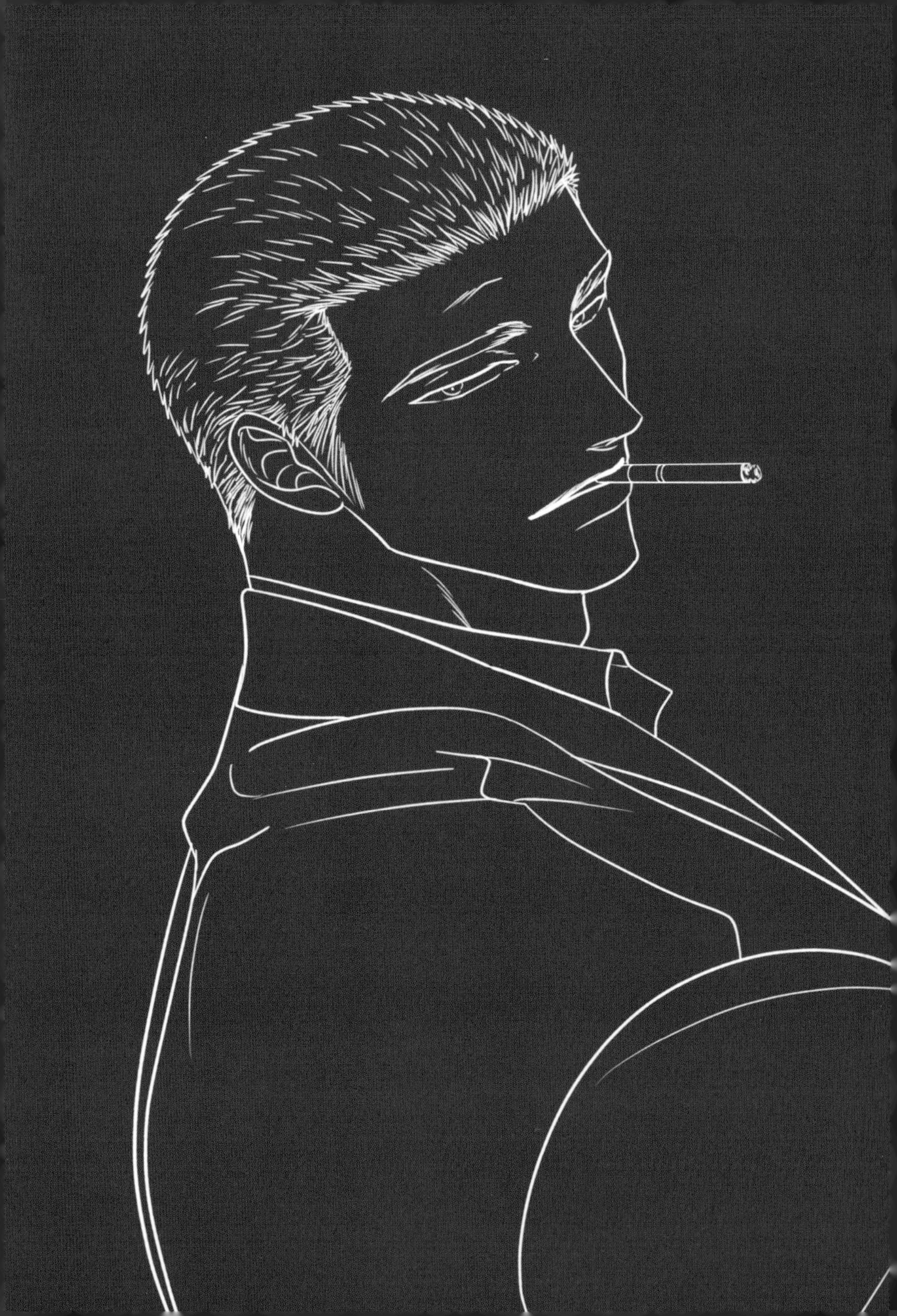

ShutLine

KYOU

Dieser Sammelband enthält die Kapitel 15 bis 28 des Webtoons *ShutLine*.

altraverse

Deutsche Ausgabe / German Edition
Altraverse GmbH – Hamburg 2024
Aus dem Koreanischen von Klarissa Pech

SHUTLINE

Redaktion: Anne Faltin
Herstellung: Katharina Kaven
Lettering: Vibrant Publishing Studio

Druck: Print Best OÜ, Viljandi
Printed in Estonia

FSC www.fsc.org MIX Papier aus verantwortungsvollen Quellen FSC® C129413

ISBN 978-3-7539-2256-0
1. Auflage 2024

www.altraverse.de